U0947591

Moon Sweet Moon

甜月亮

陶立夏 著

卤猫 绘

四川文艺出版社

我们究竟希望在爱里获得什么呢？

你能付出的，恰好是我要的。
像分量合适的调味料。
就是这么少。或者说，这么多。

目 录

chapter

1

我们并没有错估爱的伟大，

只是高估了自己彼时的判断。

☽

深夜行人稀少的街头，穿着鼓鼓羽绒服的路初月站在花店橱窗外，愣愣地看着搬得空荡荡的店铺，墙角来不及丢弃的玫瑰与康乃馨枯萎成一片墨色的阴影。她的倒影里是一纸店铺转让的告示，她的倒影后是整个城市的夜色与霓虹。空驶的出租车慢悠悠开过，尾灯像困倦泛红的睡眼。那一刻路初月发现她的生活里突然充满了告别。

光顾很久的小超市上个月结束了营业。不久前，住处楼下的咖啡馆也关门了，只记得老板之前提过说他想回老家结婚。此刻路初月最喜欢的这家花店也毫无征兆地结束了三年的经营，如露水从她生活中蒸发。它们好像都故意要与她不告而别。

回到自己的小公寓，路初月没有开灯，在一片昏暗中摸索着走到客厅角落的沙发床边。矮几上是上午出门去医院时留下的半杯乌龙茶，她拿下戴了一天的口罩，把半杯冷茶一口气喝完。杯子放回矮几时叩在桌面上，在黑暗中发出巨大的声响。路初月把头埋进抱枕，闻到夜色的冷意。好想大哭一场啊，但成年人哭起来实在很尴尬，所以决定还是忍一忍吧。沙发床边的柠檬树静静站在夜色中，衬着窗外都市上空灰蒙蒙的光线，它看起来如此葱郁安静，如同一位无言的守护天使，朝着在黑暗中蜷成一团的路初月伸出绿色的手掌来。

☽

8: 30，手机提醒准时响起，路初月从口袋里拿出手机开始编辑微博。128G的手机里装满各种色香味俱全的美食图片，因此内存常常不足，她想了半天决定只发一条纯文字：

“你的人生是否像我的一样，太少相逢，太多告别？我喜欢的季节总是匆匆而过，衣橱里的衣服都来不及整理。我喜欢的咖啡馆突然关门了，留下我一个人回想最后一杯咖啡是什么味道、又是在什么时候与谁一起喝的。”

按下发送键不到三十秒，手机屏幕上的回复与转发提醒就像走马灯一般滚动起来。

“哪家咖啡馆好喝啊，等你推荐呢。”

“按你上次分享的方子做了枫糖乳酪蛋糕，男朋友很喜欢。”

“等你的新美食视频哟。”

“草莓奶油蛋糕吃了会胖吗？”

“想和你一起喝咖啡。”

“啊，这是确定分手的节奏吗？”

“还有我们啊，会一直喜欢小姐姐你的哦。”

“生活就是这样充满酸甜苦辣呀，这个道理还是你告诉我们的呢。”

“焦糖奶茶里放多少香草更好喝呢，什么时候再出甜品教程？”

……

经纪人小夕的微信立马传来：“宝贝你不能更棒棒了！刚有五个餐厅公关想和你预约下午茶直播哦，我给你选报价最高、环境最好的哈！等我好消息。”

路初月是位美食达人。她的微博“胖胖的月牙”专门分享烘焙方法与简餐菜谱，原本只是出于喜好将自己钻研出来的方子与大家分享，三年前签约经纪公司后开始了有计划地宣传推广，如今“胖胖的月牙”有了两百万粉丝，她自己打理的微信号“胖月牙”也已有五十万订阅用户。经纪人小夕曾说长着苹果脸、气质甜美的路初月是天生该吃美食节目这口饭的：“看她吃饭的样子，不用说什么话就会觉得那道菜特别好吃。”这就是可遇不可求的观众缘。

大学毕业那年父母为路初月买的小公寓面积只有四十五平方米，她把光线最好也最宽敞的卧室改建成了工作室，食物的制作和拍摄都在那里完成，自己则睡在客厅的沙发床上。一条不到五分钟的美食视频需要一天的拍摄和起码一天的后期制作，这还不算前期策划和准备的时间。但是路初月觉得很快乐，因为，如果她觉得好吃的食物别人也一样觉得美味，对她来说就是双倍的幸福。

和因为兴趣半路出道的美食达人不同，路初月不是光靠摆盘和滤镜有了如今的人气，她是在专业的餐厅厨房里学的做菜。路爸爸曾执掌城内最红的私房菜馆之一“露月轩”，现在路爸爸半退休享受生活，看路初月醉心网红事业无意继承衣钵，便将“露月轩”与旗下三间分号交给专业经理打理。父亲明令禁止女儿以及任何非餐厅正式职员进入厨房区域，尤其是在对外营业期间。当同龄人都在流连溜冰场、游戏厅、网吧的时候，路初月最想偷偷去的禁区却是餐厅的后厨。只有每个月换新菜式的时候，她可以破例坐在厨房与餐厅之间那条走道的拐角处，等着新菜被端过来。不晓得是哪位厨师做的，也不知道烹饪程序，路初月和路爸爸只需要尝一下，给出评语，盲选中得分最高的三道菜将成为当月的“厨师推荐”。

一次主厨用新鲜空运来的南美对虾做了炸虾球当配菜，路初月吃完困惑不解地说：“这么好的虾，为什么不白灼，方便又好吃？”主厨阿伯听完愣了一下，立马夸她是大将之风。“大道至简，懂得美食真谛哦！”感觉他激动得快要哭出来了，“当我关门弟子好不好？”“好！”一老一小拉钩为凭，两张泛着油光的脸闪闪发亮。主厨阿伯是忙得满脸汗水，路初月是吃得太开心，满脸走油。

可惜，路初月对感情似乎没有这样的直觉，

也没遇到优秀的导师。三个星期之前，路初月的前男友、美食节目主持人杜星被网友发现和美妆达人“无花果的小花”在真人秀节目中假戏真做，网友纷纷从两人在节目和微博上的互动中找到了暧昧的蛛丝马迹，作为正牌女友的路初月却至今没有得到男友的一句确切解释。消息刚爆出来那几天，路初月像握着定时炸弹似的盯着手机等杜星打电话给她——或者找她当面解释说那是为了节目效果，又或者带着歉意提出分手——但是他一点音信都没有。

两个人当初也是因戏结缘，拍摄一档叫《我能借用你的厨房吗》的美食真人秀节目时认识。节目组在世界各地的五个城市里找了五间风格迥异的餐厅，并给嘉宾有限的食材购买费用，餐厅主厨和餐厅的VIP客人负责为他们做的菜品打分。节目录制全程，嘉宾不可以使用网络或查找参考书籍，考验的是嘉宾的烹饪技巧和知识储备。

在东京录制节目的时候，路初月以面粉和对虾为主食材，做了包括鲜虾天妇罗、鲜虾馄饨与鲜虾意面饺在内的十道风格迥异的点心，一战成名。尤其是最后决胜局的荞麦冷面，晶莹剔透的碗用虾头与梅子熬的汤冰冻而成，吃的时候冰碗渐渐融化，汤的鲜味渗入面中，待面吃完，冰碗完全融化，只留下关于美味的回忆。正应了日本隐士文学白眉鸭长明在《方丈记》中那句“人生便如雪佛，自下逐渐消融”，令在座的评委们印象深刻。

路初月清楚记得东京站的录制结束后，杜星带她躲过众人单独出去吃饭，在新宿选了一家以牛排闻名的西餐馆。“做饭这么辛苦，好好吃一顿放松一下。”他这句话让因为高强度节目录制而疲惫不堪的路初月满心感动。席间杜星一口饮料都没有喝，回去的出租车上路初月问他是不是那家餐厅的饮料有问题，他说没有，只是担心自己会醉。

“橙汁是没有酒精的。”

“可是我觉得晕乎乎的。”

“为什么？”

“因为我在绞尽脑汁地想怎么才能追到你，你很醉人。”听完这句话，路初月的脸一下子红了。如今想来，杜星能靠说话吃饭是有原因的，早在数年前他就已懂得土味情话的真髓。

深夜的新宿，年轻人们嬉笑打闹，看起来毫无心事的轻快模样，乐队在演奏一首欢快的歌曲，待客的出租车停在路边，司机下车听着广播抽一支烟。有人喝醉了，睡在装啤酒的塑料箱上。路初月到路边的自动贩卖机给杜星买了一罐乌龙茶。回程的出租车上，他把拉环放在路初月的手心。

后面的节目录制中，两人的互动全都被镜头记录下来，借剪辑的助力，在数千万观众的关注下直播了恋爱的全过程。回想起那场恋爱，路初月最深刻的记忆是，深夜歌舞伎町那些明亮如白昼的霓虹灯，让人觉得如此寂寞。我们并没有错估爱的伟大，只是高估了自己彼时的判断。盲目与其说是爱的一部分，不如说是寂寞的一部分，是人性的一部分。

在路初月的世界里，面粉的重量，糖与盐的克数，水与牛奶的分量，烤箱的温度与时间是必须绝对确切的，那其余的事大概差不多就行了吧。杜星让她开始明白，比起相爱的罕有与偶然，离弃才是爱情中更常见的部分。因为人性，厌倦几乎和死亡一样确定无疑，一切只是时间问题，而不是概率。就像无论是什么口味的面包配方，糖这种调味料都是必需的搭配。

“胖胖的月牙”那条置顶微博下，点赞数最多的依旧是杜星的微博“贪吃的肚腩”一个月前留下的评论：“宝贝，今天晚上你想吃什么？”没有情侣用一句“宝贝，今天晚上你想吃什么”作为告别的吧？所以，路初月只能把杜星的沉默当成人生里的又一次不告而别。谁能想到，在微信盛行的年代里，曾经那么亲密的人依旧会失去联系。直到圣诞节那天，“无花果的小花”在微博发了一张牵手的照片，配了五个字：“迟到的幸福”，并宣誓主权一般@“贪吃的肚腩”。

这条微博并无意外地引发了骂战。支持路初月的网友们纷纷留言：“是偷来的幸福吧？抢来的幸福也好意思晒？”而另一派自称“无花果”的粉丝则坚定地为自家爱豆撑腰，两派粉丝再加上围观群众的热情参与，“美食达人男友劈腿美妆达人”的话题一不小心就上了微博热搜。有营销号干脆难掩嘲讽意味地总结：“网红何必为难网红？”

被各种转发和评论@得烦不胜烦的路初月只能关闭了陌生人评论提醒，忍住眼泪揉了个大面团，将制作圣诞热红酒视频时剩下的肉桂研磨成粉，连夜烤了一打肉桂卷，然后坐在客厅里，一个人把这十二个肉桂卷一口气统统吃完。第二天起床的时候，路初月在镜子里发现自己的脸肿成了猪头，红

色的肿块布满额头和面颊，还开始往脖子上蔓延。

她过敏了，只是她不知道自己是对什么过敏。酒？肉桂？面粉？坏运气？抑或这个世界里形形色色的奇怪的恶意？这过敏症状时好时坏持续了一个多月，路初月不得不去医院查找过敏源。

“小夕姐，我有事情要和你商量。”考虑再三，路初月还是给经纪人回了这样一条微信。

“是杜星和无花果的事吗？你先不要回应，我们商量好应对方法后，公司会以工作为重心发微博作声明。”

“不，我要说的是别的事。”扔在玄关的环保袋里的，是早已在医院拿到的报告，她的过敏源一栏清晰写着：麦麸。一个烘焙达人突然对麦麸过敏，是不是她喜欢的工作也准备要和她说再见了呢？

“我想休息一阵。”

十分钟后，经纪人的回复过来了：“也好，我明白。需要现场参与的活动我都先帮你挡了。如果有优质的客户，要求微博或微信的合作，还是会让你挑选再决定可以吗？图片和视频由团队帮你完成。”

“好，谢谢大家。”

路初月到工作台前，就着窗外的光线一笔一画地把所有她喜欢吃的含麦麸的食物写下来。然后放了满满一浴缸热水，躲在水里，等待溺水般的恐惧替代失恋的无措，将自己淹没。从浴室出来，她五年来第一次关了手机睡觉。醒来手机里有十几条未读短信和微信，都是妈妈发的。赶紧拨电话过去：“妈，你找我？”

“为什么发你这么多微信都不回？”

“睡觉的时候我把手机关了。”

“你们网红也会关手机的吗？”

“妈，我最近失恋，你不要对我这么狠。”

“我看那个杜星，最近微博不停掉粉，活该！你看他天天穿得跟婚礼司仪似的，你喜欢他什么？”

“妈……”虽然果决地截断了老妈的话头，路初月还是忍不住偷偷在心里补了一句：“他不仅穿得像婚礼司仪，说话也很像。”

“哦对，你去过医院啦，医生怎么说？”

“过敏。”

“大概是太累了，免疫系统抵抗力差。什么时候回家过年，让你爸给你做好吃的补补？”

“过几天。”

“你这个过几天是过几天呀？”

“两三天吧。”

“两还是三天？”

“两天。”

到浴室照一下镜子，过敏的红斑已经消退了不少，只留下淡淡的粉红色印记。路初月把工作室没有用完的过期食材全部分装入几个垃圾袋中准备丢弃，再把料理台仔仔细细擦洗干净，最后清空了冰箱内积存的外卖。

拎着数只沉甸甸的垃圾袋开门前，她突然想起了什么，跑回卫生间把杜星留在这里的牙刷、剃须刀、毛巾统统扫进了垃圾袋。处理完垃圾一身轻松的路初月喝着热茶重新打量自己的工作室，暂时不去细想这井井有条的假象后面那些冗杂的取舍。虽然说不上有多么相爱，但一个在你生命中出现并停留过的人，总会留下各种痕迹，它们像细小但粗粝的沙，会在你意想不到的时候摩擦你细微的情绪。

喝完茶路初月去厨房洗掉了那只茶杯，滴水的茶杯在冬日清晨的阳光里闪着剔透的光，那是没有记忆也没有留恋的澄澈的光亮。如果记忆也能像茶杯一样被清洗，是不是一种幸福？路初月决定今天就回父母家过年，躲进爸爸的厨房才会有的温暖的食物香气中。出门前她给客厅的柠檬树浇了足够的水，它在满屋的阳光里看起来依旧是那安静的样子，舒展着绿色的纤细手掌般的叶子。路初月摸一摸叶片尖，和它告别："再见，你要等我回来。"

快过年的城市，因为空荡而愈显无边无际。路初月开着她那台三个月没洗、都快变成泥土色的小

☽

甲壳虫回到家，妈妈正在客厅看电视剧织毛线。到房间把包放下，发现房间已经仔细整理过了，从高中睡到大学毕业的单人床上，铺着粉红色带荷叶边的床单，不用说，此刻阳台上一定晾晒着同款被单和松软的羽绒被。

路初月在妈妈身边坐下："妈，谢谢你帮我铺床。我们今天晚饭吃什么呀？"

"当然是你每次回家吃的那种满汉全席大餐。你爸去菜场大采购啦。对了，去把你爸的车移到地下车库去。过年期间小区会有不少人来走亲戚，把车位让出来。"

路初月到小区找到爸爸停在楼前的车开进地下车库，熟门熟路地倒车入库，却听见砰一声巨响，倒车雷达这才后知后觉地急促尖叫起来。来不及慌张，她条件反射地一脚刹车，然后赶紧下车查看。自家的两个车位旁边是对门邻居何伯伯家那个长期空置的车位，此时不知怎么停了一辆簇新的黑色奔驰。车库这块区域光线不好，再加上车身颜色太深，心不在焉的路初月居然没有看见。虽然车速并不快，碰撞并不严重，但左侧车前灯已经碎裂。

简直无法相信自己的运气差到如此地步。愣了半晌，路初月只能哭丧着脸回到车上，从手套箱里翻找到纸笔，写下自己的电话号码和情况说明后，将纸条夹在奔驰车的雨刮器下。回到车里打开音响，CD机里只有一张徐小凤，只能打开了广播。地下车库信号不好，路初月就着沙沙声坚持听完了两条新闻三条广告和一条天气预告，下车的时候感觉自己仿佛吃完了一块洒满沙子的蛋糕。

☽

拖着沉重的脚步走出车库，一开电梯门就闻到了久违的饭菜香，是爸爸炖的鸡汤到了火候。深吸一口气，还能依稀辨认出糖醋小排和蛋饺的味道。路初月决定，先不拿这出意外打扰父母，回头找个时间再偷偷把爸爸的车开到4S店去修理。推门进去，客厅里除了爸妈，还有一个穿黑色毛衣的高大身影。

“还有一道鸡汤，马上就好。”爸爸正热情招呼他，“至远，吃了晚饭再走。”

“不用客气了，路伯伯，我一会儿得出门，下次再来吃饭。”

是邻居家的大哥何至远，路初月记得他去美国留学那年自己上初三。十余年没有见，面前这个高大的陌生人毫无印象中至远哥哥的影子，那个帮她做数学作业的至远哥哥好像没有这么高，也没有这么瘦。

“初月？”何至远不确定地喊她名字。

“至远哥哥。”仰头打招呼的路初月突然想起来自己没有戴口罩，赶紧又低下头。何至远想伸手像小时候一样揉她头发，却突然想起来面前的路初月已经是大姑娘，他努力不着痕迹地拍了拍她肩膀：“好久不见。”是多久呢？他皱眉算一算，不多不少正好十二年。

chapter 2

真正快乐的时候正是忘记自身存在的刹那。

“忘我”这个词大概就是则寓言，

揭示了我们矛盾百出的一生。

路初月布好碗筷，一家三口坐下来正准备开饭。这时有人敲门，是对门的何伯伯：“老路，不好意思，能借你车用一下吗？至远要去相亲，到车库才发现车灯被撞坏了，这个时候也不好找出租车……”

路初月一个激灵从椅子上跳起来：“何伯伯，我爸的车不能借你。”

在三位长辈莫名惊诧的目光中，路初月只能坦白从宽：“车是我撞的，刚才停车时我没留意旁边车位上有车……我爸的车尾灯撞了至远哥的车前灯，所以，两个人的车都不能开了……”

“路初月！”路妈妈放下手里的碗筷，起身找鸡毛掸子。这时敲门声又响，穿着黑色长大衣的何至远一脸哭笑不得的表情站在门口：“没事，我去小区门口叫出租车。”

“这个时候用车高峰，哪里叫得到出租车！”路妈妈找不着鸡毛掸子，气得团团转，嗓门都大起来，“而且是相亲哎，第一印象很重要，怎么能迟到！”

事已至此，路爸爸只能把藏到他身后的路初月推到何至远面前：“去，你送至远哥去。好好当司机，将功补过。”

路初月穿上毛衣，套上厚厚的大衣，再戴上口罩和帽子，赎罪般低头领着何至远出了门。长手长脚的何至远跟在她后面，看着她企鹅般胖嘟嘟又摇摇晃晃的身影，不禁笑了出来。

“你好像很喜欢相亲？”开了车门，路初月回头看何至远，这位陌生但眼熟的邻家大哥有双在昏暗车库依旧明亮的眼睛，果然帅的人会如同周星驰的电影里说的那样像萤火虫般闪闪发光。

“为什么这么说？”

“你看起来很开心啊。”

“我笑的不是这个。”何至远在副驾驶座上坐下，“你感冒了吗？要不要我来开车？”

“不，我只是过敏了。我一定会把你准时送到，答应了我妈的事必须做到。”路初月发动引擎，“你要去哪里相亲？”

何至远报出地址，叹口气说：“看见车灯撞坏的那瞬间，我还以为自己不想相亲的心声被上帝听到，可惜天意也拗不过父母心。”

“你很忙哦，过年都要相亲？”

“刚回来，工作很忙，只有过年放假才有时间。”

“我妈说你从美国回来，现在在保险公司上班？”

“算是吧。”

“电视里都这么演，从美国回来，衣锦还乡。”

“我混得差一些，后半段没跟上故事情节。”何至远颔首，言若有愧。

路初月一路狂飙，赶在约定时间把何至远送到了约会地点：城中最热门的西餐厅。泊车员过来要帮路初月开门，她摆一摆手：“我是司机，这位先生要进去用餐。”何至远下车的时候，路初月不忘提醒他："这家餐厅的烤羊排非常非常好吃，记得让厨房不要放洋葱。牛排一般。哦，还有甜点，甜点非常棒，没有女生能拒绝！"何至远点点头，一副受教了的表情朝餐厅走去。

路初月刚在车库停好车，大衣口袋里的电话响，是个陌生号码。接起来却是听着有些熟悉的声音："你对什么过敏？"

"麦麸。"她乖乖回答。

"你在餐厅的停车场吗？"

"对。"

"稍等一会儿，不要走开。"

"等一下，你是谁？"

"何至远。"

二十分钟后，餐厅服务生拿着餐盒和雪白的餐巾过来敲车窗："路小姐吗？何先生吩咐送来的烤羊排外卖，按他的要求，不加洋葱，也没有配餐前面包。"

路初月这时才想起来自己还没吃晚饭，虽然错过了老爸炖的鸡汤，但能吃到全市最美味的烤小羊排，也实在没有什么好抱怨。既然是在停车场，自然不用顾及用餐礼仪，路初月调整好座椅，舒舒服服坐好，徒手大战烤羊排，吃完肉连手指上的酱汁都没有错过，一一舔干净，并细细品味，让味蕾感受层次丰富的酱料里如人的情绪般复杂又微妙的香料配比。这一顿车库加餐略有遗憾的是没有甜点，但作为一个对麦麸过敏的人，她并没有忘记那张禁食菜单上一长排的各色甜点。

何至远结束相亲来到车库时，路初月正趴在车前盖上，就着停车场昏暗的灯光奋笔疾书。

“你在写什么？”

“烤羊排的菜谱，我要把尝到的调料都写下来，回头自己试一下。”

何至远从口袋里掏出一只苹果递给路初月，自己坐进驾驶座：“抱歉，这家的甜点都有麦麸成分，将就吃个苹果吧。”

等何至远将车开上高架，路初月才想起来问他怎么会有自己的电话号码。何至远从口袋里掏出那张纸条：“你给我的啊。”路初月打个呵欠掩饰自己的坏记性：“大概是吃了抗过敏药的缘故，最近我总是觉得很困，脑子也很不灵光。”

“哎，我是司机哎，怎么你在开车？”

“还是我来开吧。”何至远想起刚才一脸迷糊的路初月猛踩油门的样子，心脏一阵抽搐，“我还有好几场相亲要完成，答应了我妈的事，也必须做到。”

月亮从云后悄悄露出脸来，突然大朵大朵的烟花在城市的边缘升起，何至远想指给路初月看，回头却发现她已经睡着了。口罩挂在一边耳朵上，刘海滑下来，遮住她肉嘟嘟的脸颊，那只苹果被她宝贝地捧在怀里。何至远把空调的温度调高了一点点，变道下高架的时候，意外地在后视镜里看见自己带着笑意的眼睛。兜兜转转回到这个熟悉的城市，何至远开始体会人生的玄妙，充满了出乎意料的安排与际遇。人这种存在也实在很有意思，真正快乐的时候正是忘记自身存在的刹那。“忘我”这个词大概就是则寓言，揭示了我们矛盾百出的一生。明明渺小，却热衷立宏伟的目标；明明软弱，

却喜欢许坚定的誓言；明明色声香味触法都带苦味，却为着那一点点甜味，乐此不疲，恋恋不舍。

等路初月醒来时，发现身边的何至远正在聚精会神地回复邮件，她身上盖着他的大衣。“这是哪儿？”现在按美国东部时间正是上班时间，邮件蜂拥而至，何至远头也不回地答：“车库。”路初月伸个懒腰，静静等他回邮件，才想起来自己为何会在这里。她发现这个多年不见的邻家大哥除了好看的眼睛，还有一个寂寞的侧面，那种你想把口袋里的好吃的都分给他的那种寂寞。路初月摸一摸口袋，空的。

何至远回完邮件放下手机的时候说：“你一定很累，手机响成这样都不醒。话说，手机这样响，正常吗？”路初月这才慌忙把掉在脚边的手机捡起来："啊，差点忘记了！"今天有一条新的美食视频上线，公司的账号会@她，需要她转发。扫一眼手机屏幕，依旧是各种"一看就超级好吃啊"这样的夸赞和"先马再照着做"这样的打卡留言。

"对了，今天相亲顺利吗？"在电梯里，路初月问何至远。

"顺利。"

"下次约会什么时候？"

"过年前应该还有几次。过年期间工人少，车怕是暂时修不好，可能要麻烦你给我当一阵子临时司机。"

"嗯，应该的。"电梯门开了。

"好好休息，晚安。"到门口，何至远伸出手来，终于揉到她柔且顺的头发。进门前，路初月回头用迷路小狗般迷糊又期待的眼神看着他："你下次相亲还会去像今天这么好吃的餐厅吗？"刚睡醒的路初月睡眼惺忪，脸上过敏的痕迹还未完全消退，看起来鼻尖粉粉的，眼睛里满是对美味的向往。

看着这眼神，何至远希望她的字典里只有美味，永远都不要有"应酬"这样看着就已令人疲惫的字眼。

"一定。"何至远带着近乎为道义两肋插刀的悲壮语气许诺，"这样吧，我刚回国也不知道什么餐厅好，不如你把想去的餐厅帮我写下来？"

路初月两眼放光："明天早上就给你。"那是一个A4纸都要靠缩小行距才塞得下的各色餐厅、咖啡馆与大排档名单。路初月还按菜系与地区分了类。何至远不禁对自己说，就算吃完这些餐厅都找不到合意的人，他也可以出本相亲美食攻略以慰愁肠吧。

接下来的几天，路初月觉得自己开始转运了，这大概就是所谓的触底反弹。每天借着接送何至远相亲的机会吃了不少觊觎很久的好餐厅，她要做的不过是在副驾驶上一路睡到餐厅，吃一顿，再睡一觉到家。

为了体验餐厅环境，有时候路初月会偷偷找一张与何至远离得远远的餐桌坐下用餐。何至远在寻找话题与回答提问的间隙回头，看见路初月正专心致志埋头吃饭，再看看餐厅里因为各种原因聚在同一屋檐下又各怀心事的客人们，觉得她是整间餐厅里唯一真正为了吃饭来到这里的人。甚至有客人偷偷跟侍应生说：“我想点那位小姐吃的菜，看起来很好吃的样子。”侍应生过去打探一下回来说：“那只是一份蔬菜沙拉。”何至远忍不住笑，眼底的温柔看得相亲对象心花怒放。

chapter 3

人人误以为别人过得更幸福快乐，更坚定勇敢，

其实大家吃了这么多苦，

后来也都只敢趁夜色在街头偷偷哭一下。

大年三十那天，为了逃避妈妈关于男友为什么劈腿以及什么时候找人结婚的年终终极追问，天色还没擦黑路初月就去何至远家碰运气，看看他今晚还要不要相亲。何伯伯与几个邻居在客厅打麻将，激战正酣。何至远带路初月去他房间，给她拿了一个橘子，再倒一杯热红茶。他的房间依旧是当年的样子，熟悉的书架上都是她看不懂的计算机书籍与各色飞机模型。如果不是书桌旁新添置的铸铁衣架上挂着的西装和长大衣，她会以为时间从未过去。

移开桌上的书和杂志，果然找到了当年用涂改液画的月牙。路初月想起那些做不出数学题就哭鼻子的日子，不禁叹息。曾以为那是天下最难的事，后来才知道还有很多很多事情比数学题复杂得多。

“再里面一点，你好像还画了乌龟和鱼。”何至远一边选领带，一边说。路初月把下巴搁在桌子上，他走了这么久回来，成为一个已经学会把伤心藏得很好的大人，而她依旧是那个把烦恼当悲伤的孩子。

“居然真的有在大年三十相亲的人。”路初月用杂志把当年的“罪行”密密实实掩盖起来。

“谁不想过个平安祥和年呢？乖乖配合，大家好过。”何至远无奈地答，“但是大过年的，餐厅不好订，这次是个比较一般的泰国餐馆，不是你推荐的那些。要不你就别去了，把车借我就行。”何至远好像完全看穿了路初月当司机的真正目的，却不知她另有需要逃避的事。

“我是这样不仗义的人吗？你看我都准备好了。”原本只是过来先打探一下消息，所以路初月睡衣外裹着大衣就来敲门，此刻怕何至远不带她去，连回家换衣服都免了，裹紧大衣、抓起钥匙就去按电梯。

“可是你还没吃晚饭。”

“你给我带罐可乐就好，我妈不让我喝可乐。”

过年期间路况特别好，一路畅通无阻抵达餐厅的停车场，何至远闲闲坐着没有下车的意思。

“快去，别迟到了。”路初月催他。

何至远无动于衷："时间还早，我想听完这首歌再去。回国那天，机场的出租车里正好在放这首歌，我觉得很好听。"是蔡健雅在唱《达尔文》。何至远的手指敲着节拍，用低低的男中音跟着哼：

"我的青春，也不是没伤痕，是明白爱是信仰的延伸。什么特征，人缘还是眼神？也不会预知爱不爱的可能。"

歌曲放完，DJ切进广告，从楼盘卖到车，再卖到早教课程。但是何至远依旧没有下车的意思。路初月看着他若有所思的侧面，从手袋里掏出化妆镜递给他："来照照镜子，浓眉大眼，增加自信。"何至远接过那只布朗熊化妆镜，象征性地看一眼，将镜子还给路初月后把头埋进了臂弯。路初月看着他抖动的肩膀，吓一跳："你是被自己丑哭了吗？这个镜子不准的，你真的很帅啊。喂，不要哭啊。"

何至远再也忍不住，仰头大笑起来："为什么这么小一个镜子还有放大功能？还有，这个和你很像的熊是怎么回事？"

"放大功能当然是方便化妆啊。我哪里像布朗熊，我明明像兔子可妮啊。"路初月虽然不太服气，但还是有点担心情绪看起来不太稳定的何至远，"你没事吧？才没相几次亲，不要气馁。"

何至远是勉强控制着嘴角的笑意下车的，关门的时候，他扶住车门弯腰看着满脸担心的路初月说："你怎么就这么确定是人家看不上我，难道不能是我看不上别人吗？"

“做人太挑剔不容易开心。”顾及他脆弱的自信心，路初月要等何至远走远才敢说出她的人生哲学。

换个播路况的频道，路初月把椅背调到舒适的位置，躺倒后从大衣口袋里拿出一大包小熊糖，这是确诊麦麸过敏之后，除水煮白菜之外最安全的食物。侍应生按何至远吩咐，送来了木瓜沙拉。这家餐厅只有一道沙拉拿得出手，不知道何至远此刻在吃多么难吃的食物，路初月不禁有些替他伤心。转念又想，他是来相亲的，不是来吃饭。不知道今晚的相亲对象长相如何，性格合不合拍？他们会聊些什么呢？她最不擅长的数学模型？还是星座血型八字这些速配话题？路初月速速解决了那盒滋味卖相皆普通的沙拉，将一次性餐具收拾妥当找垃圾桶丢弃了，也把刚才那些疑问统统扔到了脑后。回到车上她一边吃糖一边拿起手机玩消消乐，因为没有老妈的唠叨，时间很好打发。正要闯关成功的时候，微博@的提醒蜂拥而来。点进去一看，“无花果的小花”发了几张满桌各色菜肴的照片，并且@“贪吃的肚腩”。除了在这条微博下留言@路初月的微博“胖胖的月牙”之外，不少粉丝还去“胖胖的月牙”下面留言：

“怎么好久没有更新啊？我们好担心你。”

“啊，你真的失恋了吗？我还怎么相信爱情？”

“有人在秀恩爱你知道吗，不要认输啊！”

“这么久不更博，认怂了吗？”

路初月把手机扔在脚边，打开车窗。冰冷的风灌进车厢，夜幕中远处的车流汇成红色的河。霓虹灯的眼眸虽渐渐疲惫，却依旧坚持着陪伴这个夜晚吃不到团圆饭的人们。街角24小时便利店的灯光也依旧明亮，它见证了这个城市里无数匆忙的晨昏，在它看来佳节与寻常日子或许并无差别，那么多匆匆开场又匆匆结束的恋情也是一样。

路初月惊讶地发现，这个时候的便利店居然还有不少人来买盒饭和方便面，然后独自坐在靠窗的长桌前吃完。人人误以为别人过得更幸福快乐，更坚定勇敢，其实大家吃了这么多苦，后来也都只敢趁夜色在街头偷偷哭一下。路初月鼻尖发酸，眼泪正要掉落，何至远开了车门。

“顺利吗？”路初月把眼泪忍了回去，声音有些哽咽。

“很顺利。她说她要赶回家看春晚。我也正有此意。”其实他是赶着要给路初月送可乐。何至远在车里前后打量一下：“有纸巾吗？”

路初月从手套箱里拿出纸巾盒，惊讶地问：“咦，你怎么知道我要哭？”

原本正仔细擦着可乐罐的何至远停了手：“没有吸管了，凑合一下……哎，你为什么要哭？”

路初月把纸巾盒捧在膝头，这下酝酿好的情绪完全被何至远打乱节奏，过半晌决定放弃继续哭下去的努力：“算了，不哭了。”

何至远抬手打开车厢阅读灯，确定拉环处擦得一尘不染才将可乐递过去，抬头时发现路初月的睫毛上挂着泪水，他不动声色地问：“可乐有点冰，你要不要关上车窗开了空调再喝？当年你做不出数学题就哭，这次是为什么？”

Family Mart

“生活太不容易了，我想哭一哭活着这件事。”路初月接过何至远递来的可乐喝一口，轻盈的气泡一路跳跃着涌进心底，把刚才的低落情绪赶走不少。她伸手关上了车窗，但依旧没有回头，透过车窗看着沉沉夜色：“我前男友劈腿一个网红，这事情刚上了微博热搜，虽然只有几分钟。”

“上热搜，你男朋友很有名吗？”

“是前男友。这年头凡是网红谁没有几百万粉丝，谁又真的有名？不过是大家过年太无聊，爱围观而已。”

“很多事眼见也不一定为实，这里面或许有误会，他跟你解释了吗？”

“没有解释，所以才变前男友。”路初月皱皱鼻子，“刚才他们在微博秀恩爱，算新时代的白纸黑字咯。”

“既然已经变前男友，就不要太难过了。”何至远依稀记得有个成语叫覆水难收，但他出于谨慎没有用。

“但是我在全国人民面前丢人了。”

“全国十几亿人口，不是谁都刷微博的。比如我，我就不用微博。你没有在我面前丢脸，从统计学角度来说这就不算在全国人民面前丢人。”

“谢谢。谢谢你拯救了我十四亿分之一的尊严。”路初月摸索着从地板上捡起手机，翻出微博给他看，“你知道吗，她炖蛋的时候火开太大，炖蛋表面很多气孔，她用美图软件修掉之后才发微博的，她们那些美妆达人最会手机P图！你仔细看看这个炖蛋！葱花切得都不一样大。她怎么好意思也开始自称美食达人？最多算个美人！”

何至远很想笑，但是他不敢，忍得脸一抽一抽的。“我觉得你说得不对。”他清了清嗓子道，“她不是美人，她没有你好看。”

路初月抬起一边眉看着他，一脸“你不要骗小孩”的表情。

何至远心软：“我记得你小时候特别喜欢哭，考试没考好会哭，没吃到巷口小吃摊的豆腐脑会哭。实在不开心，痛痛快快哭一场，或许就好了？”那时候来找何至远帮忙做作业的路初月听不懂何至远讲的解题步骤就急得哭，哭着哭着就睡着了，醒过来发现何至远把解题步骤清清楚楚、仔仔细细地写在稿纸上，她飞快地抄到作业本上交差，等到考试依旧不会，拿到不及格的分数回家自然要再哭一场。

“已经是大人了，怎么能随便哭。”旧事重提，路初月窘得满脸通红，这下完全没脸再哭了，只能把脸埋在膝头，闷声说：“生活真的很辛苦啊，是不是？一颗洋葱能让人哭得稀里哗啦，但没有什么蔬菜或水果能让你一闻就笑。哎，你这么一说，我想起来巷口的豆腐脑是七年前收摊的，李奶奶回家带孩子去了。”

何至远的手指敲一敲方向盘，沉默良久，认真地答：“是，生活是很辛苦的。但我以为你的人生再幸福不过，父母疼爱你，人长得很好看。听我妈说，你的工作也很轻松。你还没和我说，你的工作是？”

“我是美食达人，在网上教人做菜，也教烘焙。

但是，如今我麦麸过敏，这口饭大概吃不下去了。”路初月握紧可乐罐子，罐子发出咔啦咔啦的声响，“月亮也有背面，听说那里很暗，都是飓风呢。”

“我请你吃夜宵吧，你想吃什么？”何至远关上车窗，车厢内迅速回暖。他决定投其所好，用美食转移路初月的注意力，就像用奶酪诱捕一只小老鼠。

“我想吃焗蜗牛，还想吃烤鸵鸟。”路初月的小脑袋依旧搁在膝头。

何至远叹息：“我知道逃避没什么不对，但也没什么实际用处。那我们回去吧？”

一听要回家，路初月呼地直起身来，扁了扁嘴：“真的有点饿。好想吃豆腐脑啊，没有豆腐脑的话，来块草莓蛋糕也好啊。”

“你不是麦麸过敏吗？”

“已经好了。”

“真的？”

“真的，我有吃药。”路初月推开车门说，“走，我知道这附近有家很好吃的蛋糕店。”

一个人的悲伤和快乐都这么容易，那人生究竟又算不算难呢？看着路初月像飞蛾般朝蛋糕店明亮的灯光飞奔而去的身影，何至远有些迷惑。他这一生都在与数据打交道，加加减减，总是确定的。但这冷冰冰的确定并不是他要的正确答案，他羡慕路初月，羡慕她对一块蛋糕的向往，如此热诚，如此确切。

走进蛋糕店路初月直接扑向玻璃冷柜，鼻尖贴在玻璃上：“哇，还有最后一块草莓芝士蛋糕，运气真好啊！”在冷柜暖黄的灯光映照下，路初月的眼睛里简直有星星跑出来。红色草莓像沉甸甸的心脏躺在轻柔的奶油里，底部是如同大力的拥抱一般浓郁的芝士。想到那卡路里，排队点单的何至远觉得自己的心脏颤抖了一下。晚到一步排在他身后的小女孩着急地大声喊：“妈妈、妈妈，我要吃草莓蛋糕，我也要吃草莓蛋糕！”

轮到他们点单时，路初月一边恋恋不舍地扭头看那块草莓芝士蛋糕，一边扯何至远的袖子：“要不就点红丝绒好了。”她有点儿想把草莓芝士蛋糕让给小女孩。何至远一字一句地对服务生说：“一块草莓芝士蛋糕，谢谢。”

服务生将那块最后的唯一的草莓芝士蛋糕装进盘子里递给何至远时，小女孩大哭起来。路初月连

忙对服务员说：“打包，打包带走。”随即扔下付账的何至远，把装着蛋糕的白色纸盒护在胸口，像逃离犯罪现场一样匆匆走出了蛋糕店。坐在副驾驶座上挖着抢来的蛋糕，路初月发现，都市霓虹灯缓缓流淌的光晕原来并不讨厌，还会让草莓蛋糕的味道更甜美，是微醺的沉醉。

“你这样是不是有点不够绅士？”吃完蛋糕，舔干净手指上沾到的奶油，她才想起要为了自己的良心数落一番何至远。

“小孩子又不失恋。”何至远弯一弯嘴角，不介意她出卖队友的行为，“而且，你不是说吗，生活是很辛苦的，她总要知道这个道理。”

回到家，何至远停好车给路初月开门时神色突变，他不自觉地提高了音量：“路初月！你个骗子，你的过敏根本没有好，是不是？”不用照镜子路初月也知道自己又肿成了猪头，因为她的脸已经痒了一路。她抓起围巾裹住头，不忘抢过饮料架上的可乐罐，一溜烟逃跑了。嗯，确实有点像只小老鼠。

chapter

4

人生是一个揉面团做面包看着面包在烤箱里鼓起来

然后一口一口吃掉的过程。面包没有了，但因为忙碌、

等待和美味而生的快乐感觉会永远留在记忆里。

虽然难熬，但为期一礼拜的春节假期与相亲压力造成的低气压终于随空气中烟花爆竹的火药味一同消散，路初月归心似箭地回到了自己的小公寓。因为暖气足，柠檬树长高了一些。她拿出手机拍了一张柠檬树的叶子，在自己荒废很久的微博上熬了一锅暖暖的鸡汤：

“无论是在网络还是在这个世界上，除了我做菜的方子，太多事我都无法确定。所以我只希望在以后的日子里继续和大家分享我信任的美味。幸福之所以珍贵，是因为它难得，幸福的配方需要不停地实验才能完成。新的一年，我们一起努力！”

路初月发现，除了没有收入，不工作的日子其实也没什么不好。不用化妆赶去新开业的餐厅试菜，然后各种角度拍片，挖空心思组织语言发微博。相反，可以慢悠悠听着音乐洗漱，从衣柜里拿出干净的衬衫和牛仔裤穿上。然后去厨房给自己做一杯拿铁，速溶咖啡粉与盒装的牛奶，不用找高档的骨瓷咖啡杯，也不用担心颜色与款式的搭配，有时用图案幼稚的小小搪瓷杯，有时干脆用烧杯，咖啡上漂浮着因为电池接触不良而总是掉链子的creamer打出来的参差不齐的泡沫。有时候骑自行车去菜场买菜，想吃什么就买什么，不用操心又该研究新的菜式。

菜场有一种以蔬菜种类、颜色和味道营造出的独特的秩序感：光滑结实的黄色土豆、娇嫩轻巧的绿色豌豆苗、干燥粗糙的棕色芋头、小巧爽脆的紫色水萝卜……海鲜水产区的大叔精通各种贝壳类海产品的烹饪方法，对一边挑选花螺一边沉迷轻碰花螺触手的路初月说："你慢慢玩，玩好了我给你称重哦。"

整个菜场，路初月最喜欢角落里的面食柜台：正正方方的玻璃柜，灯光很亮，半开放的柜台里各色面条散发着面食特有的味道，粉粉的清香味，让人觉得五脏六腑都温暖舒服。售货员是个清秀的小姑娘，穿白色制服，戴着白色鸭舌帽和口罩，神情严肃地站在一摞摞面粉袋子前称面条。

当冷暖气流的拉锯战结束，天气暖起来的时

候，路初月的过敏也终于好了。趁着空气里暖洋洋的懒散，她做了几种水果轻乳酪蛋糕与大家分享，反响都很好。周末回家看望父母，发现何伯伯家的车库又空了。晚饭时听妈妈说，何至远找到公寓，从父母家搬了出去。路初月翻出手机找到之前的通话记录，把何至远的电话号码存进通信录，按下保存键的时候，她感觉去年冬天已经是很久很久之前的记忆了。

接到路初月的电话时，何至远正在准备参加会议。“客户送了不错的咖喱试吃，前阵子回家听说你搬了新家，晚上我给你煮咖喱饭庆祝吧！”

“可是我家什么都没有，厨房还是空的。”何至远向门口的秘书示意稍等片刻，“本来想添齐了家具再请你过来吃饭。”

“原来不是过河拆桥啊。”话说出口路初月才发现自己其实有点在意他不声不响搬家的事，“告诉我厨房缺什么，我去买。”她告诉自己，这是要报答他一块草莓蛋糕的照顾。

“这样吧，我把公司地址和新的住址发给你，一会儿你有空先过来拿钥匙。如果你来时我还在开会，钥匙放在前台。”

等何至远开完马拉松一样的客户会议回到家时，已经快九点。开门进去，厨房和客厅的灯都亮着，路初月在沙发上睡得沉沉的，脖子上挂着根红绳，绳子上，是何至远留在前台的那把钥匙。何至远发觉路初月把头发剪短了些，以及不穿厚大衣的路初月原来这么瘦。他轻手轻脚去衣帽间拿来薄毯，刚给路初月盖上，她醒了，一双大眼睛睡意朦胧。

“饭都凉了。”何至远坐在沙发另一头，看着桌上的白米饭，满脸愧疚。

“不会，不会。”路初月摸一摸咕噜咕噜作响的肚子，一骨碌从沙发上爬起来，“正好，饿了。马上开饭！”何至远换下西装，到厨房帮忙。路初月指着他灰色卫衣上CIT三个英文字母问：“这是什么意思？”

“一座大学的英文缩写。”

“你在那里读什么？”

“我在那里教书，教数学。”

“在大学教数学？怪不得当年我听不懂你的解题步骤，我只是个初中生啊！”

“可我那时候也不是数学老师啊。”

“不，你一直都这么聪明。就像我，一直和

数学没有缘分。”路初月把咖喱热一下，倒在晾凉的米饭上。热腾腾的咖喱如岩浆般流淌过雪山一样冰凉且雪白的米饭，这场景仅仅看着就让人食指大动。

“托您客户的福，这个住处第一次开伙就有如此美味。”何至远在咖喱里尝到了苹果的甜味，他原本不喜欢吃甜食，但现在觉得很好吃，吃到胃里全身都感觉暖洋洋的。何至远几乎是狼吞虎咽地吃着面前的咖喱饭，吃完大半碗才想起要提醒自己注意仪态。都说饥饿是最神奇的调味料，何至远感觉在遇到路初月之前，自己已经饿了很久。

“你怎么什么餐具都没有，连米都没有，你不吃饭的吗？”路初月回头看了看空荡荡的厨房，现在用的餐具和锅都是她下午临时买的，米自然也是。

“24小时便利店的三明治方便又美味。”

“你这阵子一直吃三明治，三餐都吃三明治？”

“我在美国也是吃三明治，吃了好多年。”何至远如实交代，“我闻到好香的味道！接下来还有什么好菜？”

“不会做饭，鼻子却很灵！有潜力哦。”路初月跑去厨房端出炖了几个小时的汤，满满地盛一碗，献宝一样呈到何至远面前，“喝吧，这是美人鱼的眼泪。”

“多美的美人鱼才能哭出这么好喝的眼泪？”

“新西兰的美人鱼。”路初月神神秘秘的表情。

何至远满脸疑惑。

“是新西兰花胶。”路初月揭晓谜底。

“花胶？”

“就是海里的鱼的鱼泡泡，很滋补。听说卖保险很辛苦，所以我带了发好的花胶来，又去超市买了只鸡腿，给你炖了花胶鸡汤。”

何至远觉得自己好久没这么饿了，也不着急解释卖保险这件事：“原来是鱼泡泡啊。那又为什么叫美人鱼的眼泪？”

“因为加了洋葱末，人们切洋葱的时候常常容易流很多眼泪嘛。还有，故事里不是说，小美人鱼为王子哭了很多眼泪，还把尾巴剪成了腿。花胶与鸡腿，就是美人鱼的故事啦。起菜名就是这样需要联想的嘛。”

“这碗汤，对得起这个名字。”何至远佩服得五体投地。

“嗯，喝了这么浓的汤今天晚上一定会做好

梦，梦见自己漂浮在鱼泡泡的海洋里那种好梦。”

说实话，何至远觉得和鱼泡泡一起悠游的画面并不是特别美好，但汤实在美味，他刹住狂奔的想象力，又添多一碗汤，鲜美得几乎把脸埋在汤碗里。

“你还去相亲吗？那张餐厅目录还够不够用？”

“工作忙，不太去了。这张推荐单让公司组织聚餐啊招待客户啊倒是容易了很多，我该替我的同事和客户感谢你。”吃人的嘴软，喝完汤的何至远认真回答路初月的问题，“大概是之前拿出态度积极配合，领导很满意，所以后续有些松懈也没有受到追责。这也是一种策略，叫作虚与委蛇。”

“我嫁不出去自己是知道原因的，但是你这么优秀，为什么会还没有结婚呢？”

“你为什么嫁不出去？”何至远反问。

“说来话长……我今天在活动上遇见前男友了。我问他为什么喜欢上别人，他说我的生活太无趣。”路初月跟何至远解释什么是所谓的网红，以及网络上人气爆棚的网红有哪些，越说越觉得这份工作很无聊，而他们私下的真实生活可能比她描述的或者网友们想象的要无聊更多。比如她这样的美食达人，经常要做的事情是：试过十几种配方才能确定一种蛋糕的配方；试吃到快吐了还要在镜头前显得非常享受；广告客户要求很多，绞尽脑汁植入也还是会被有些带有敌意的网友攻击……社交活动最消耗时间与精力，参加完品牌活动，路初月已经没有心情出门逛街。附近的外卖吃遍之后，她嚼着最无味的水煮蔬菜研究新的菜谱或是新的甜点制作方法。

这才是她今天躲到这里来炖汤的原因吧。何至远觉得有点心疼，又觉得有一点点开心，她在难过的时候会记得找他，像寻找庇护的流浪猫凭感觉寻找依靠。何至远觉得今天的路初月不像逃跑的小老鼠，更像迷路的猫咪。

“我觉得你的生活很有滋味啊，与陌生人分享美好的事物，是有意义的工作。还有，我差点就结婚了。”何至远答，“就差那么一点。”

路初月停了筷子，仿佛在汤里尝到了何至远语气中的苦涩，它像一个不速之客混在不属于盘中食物的味道中，虽稍纵即逝但没有逃过路初月的鼻子：“是她反悔了？”

“不，是上天反悔了。”

她是何至远的学姐，大学毕业后两人一起创立公司。准备婚礼的时候，她在例行体检时得知罹患肺癌。何至远发现自己对癌症一无所知，甚至对世间的一切病痛都所知甚少，道听途说与亲身经历又是如此不同的两件事。他曾以为所有癌症都会像电视上演的那样，成为满是煎熬的漫长痛苦的过程，但从得到化验结果到弥留，前后不到三个月时间。

但那的确是一个漫长而痛苦的过程，疑惑和愤怒过后，他被心痛击倒。拔掉电话线，独自坐在沙发上，看着窗外的天色亮起又暗下。饿了喝自来水，困了在沙发上入睡。有一天他在半梦半醒之间听见那个思念万分的声音在他耳边说："起床了，你该起床了。"他从沙发上坐起来，看着清晨的微光中废墟一样的客厅，还有挂在角落来不及拿进衣帽间的礼服，明白自己即将到手的幸福生活再也回不来了。接受现实的那瞬间，如一脚踏空坠入无边的虚无。他服从那个声音的呼唤，起床，洗漱更衣，到书房打开电脑，除了已经知道消息的朋友发来的问候和吊唁信，还有一封来自他的导师，问他是否愿意去西海岸的大学教书。他一一给婚礼嘉宾名单上的客人们写邮件，通知他们婚礼取消。然后写信给公司律师，抄送公司高层，他决定出售所有公司股份。所得款项一部分捐献给治疗过她的医院做医学研究基金，另一部分入股现在的健康保险公司。最后一封信写给导师，接受他的推荐。然后头也不回开着车离开了两人为结婚购置的公寓，再也没有回去。

他在一个月时间里从东至西穿越美国，在西

海岸的大学为本科生教授应用数学。那是一个人口不多的安静城市，玫瑰花到处盛开。他业余时间最大的爱好是开车寻找无人的海滩。记不清有多少次他向巨浪张开双臂，以为自己会随白色巨浪下看不见的湾流去往不见底的深海，但却一次次被送回岸边。他被独自留在空荡荡的海滩，留在这个世界上。看着教室里一张张年轻的脸庞带着期望看向他，何至远努力说服自己，过去终将过去。

某个大雨的傍晚，在沙滩上独自散步的他捡到一只触角折断的维纳斯骨螺，握着这具被大海遗弃的迷路的遗骸，他第一次向烈焰般灼人的悲伤投降，默默无言地接受了命运的安排：承认世界这么大，并不是只有他被遗弃。

决定回国前，何至远去墓地告别。他的航班从

烈日灼人的洛杉矶降落在下着大雪的纽约，搭出租车到市区，随身行李不过一只旅行袋和一束在肯尼迪机场买的粉色玫瑰。在这座曾经生活过多年并获得过幸福的城市，他重新成为一个过路人。他让出租车在车道稍等片刻，凭记忆找到墓碑，用双手拂去积雪，告诉她回国的决定，但那句“再见”哽在喉间。起身时擦肩而过的牧师对他说：“May God be your companion, young man.”他向这个白发苍苍的陌生人问出了这些年一直想问的那个问题：“Why, Father, but why？”穿黑色长袍的牧师停下脚步，按着他的肩膀答：“Someone has to leave so that we who stay behind learn to value life more.”

路初月觉得心被锤了一下，她心目中那个会做所有数学题和物理题的、无所不能的何至远，原来也有无法解答的疑问。咖喱有点辣，辣得舌尖发苦。“难过的话，就哭吧。我不看，也不说出去。”何至远反而笑了：“前几天有个人曾对我说，大人了，不可以哭。”

“不，这个人说得不对。大人了，凡事自己做主，想哭就可以哭。”路初月隐约想起那个人好像就是自己，尴尬地转移话题，“啊，还有好吃的。”她起身去厨房拿来肉桂卷，再倒两杯可乐。“我带了一打肉桂卷来，今天早上烤的，本来想给你做早餐，现在吃一个也不错。”

“你的过敏好了吗？”何至远苦笑，“上次真的很吓人。”草莓蛋糕引发的过敏一个礼拜才全部消退，何至远在楼道里都能听见路初月被她妈大声数落。

“这次是真的好了，我开始工作了。”路初月脸红了，“肉桂卷真的能治疗一切伤心。”比起失恋，更让她难过的是因为过敏不能做面包这件事情吧，也不知道这算好事还是坏事。

松软的肉桂卷，散发着宇宙星云一样的温暖力量。

“我再送你个烤箱，这样你就不用出去买面包，可以看着面包在烤箱里鼓起来！我觉得，烤箱是世界上最让人觉得幸福的电器了。”

吃过晚饭，路初月开车回家，何至远送她到车库后独自回到住处，灯没有关，明亮的灯光让没有什么家具的房间更显空荡。桌上有刚才晚饭留下的饮料，他的那杯已经喝完，而路初月的那一杯可乐依旧是满的，细微的泡沫小心翼翼地从杯底上升，然后无声消散，就像她的心事。

关了灯，他对着窗外灯火辉煌的夜色又想起那个牧师的话：有些人不得不离去，所以我们这些留下来的人能学会更加珍惜生活。电话响，是那个他已经会背诵的号码。

“我到家了。可是钥匙忘记还你！”

“钥匙放你那里吧，如果你不忙，欢迎随时来给我做饭。”何至远弯一弯嘴角，“毕竟，卖保险很辛苦。”

“好。”

挂电话前何至远突然说：“路初月，你像一只烤箱。”

“哎？什么意思，是说我胖吗？”

何至远叹息："你的记性真的不太好，这个不能怪抗过敏药。睡吧。"

"嗯，晚安。"

空气里还留着肉桂甜美温暖的香气，带点微微的辣，如壁炉中噼啪作响的明亮火星。他这些年第一次没有那么惧怕这无边无际的黑暗。何至远有点庆幸路初月记性不好，否则他的心事再无处躲藏。

他曾以为人生是艰难获得然后轻易失去的过程，体能、视力、梦想、爱的人……但在她看来，人生是一个揉面团做面包看着面包在烤箱里鼓起来然后一口一口吃掉的过程，充满期待的快乐的过程。面包没有了，但因为忙碌、等待和美味而生的快乐感觉会永远留在记忆里。悲伤好像无法在她身上留下痕迹，她的笑容里有面包暖洋洋的香气。

深夜窗外开始下雨了，春天的雨，雨势绵延。云厚风细，无止无息。这雨水像要把整个城市落成一个长长的渡口，如此，这座繁忙又寂寞的城市里每个仓皇无措的人都能在黎明时分有一段眺望与抵达。生活的难以预料在于，一些人快乐的开始或许要由另一些人以悲伤遗憾的结束来成全。而我们不得不放手、不得不失去的难过，是否也在成全着世界上另一个新故事的开始？

睡意朦胧间，路初月疑惑地想，何至远说自己像烤箱大概是指太容易流露情绪的意思？因为烤箱是最藏不住味道的，肉桂卷还是重磅奶酪，几十米开外顺风势一闻便知。喜形于色，真的不是一个优点呢。

chapter

5

每样东西一开始都是酸的，

然后慢慢变成甜的，

接着转为苦涩。

周末的超市，人群拥挤。看着货架上无数的罐头、饮料、零食、调味料……何至远又有了那种被巨浪裹住的窒息感。

“你也没有人要了吗？”闻声低头，一个小小男孩站在何至远面前，表情严肃地打量着他。“我妈妈说这个篮子里都是大家不要的东西。”这时何至远才发现自己正站在堆满甩卖商品的推车旁。

“你妈妈呢？”他四顾，附近没有家长模样的人。

“她在买牛奶，丢不了。”小男孩指一指不远处的奶制品柜台。

“那你不要走开，和我一起在这等，好不好？”

“好。”小孩又有些怀疑地追问，“你等的人在哪儿？”

“我来问问她。”他拿起手机，这时孩子的妈妈急急忙忙追过来，向何至远道过谢，把孩子放进购物车带走了。

何至远拨通路初月的号码，听着拨号音，感觉脚下的地板像黄油正在慢慢融化。路初月在黄油全部融化并将何至远彻底淹没前接起电话：“喂，是你哦。”

“是我。我在超市看见你上次给我做的咖喱块，想问问你，该怎么做。”此时何至远很佩服自己随机应变的能力，他开始在货架上寻找咖喱块的踪迹。

“很简单。”路初月粗略回想一下上次的做法，“要准备一些鸡胸肉，再准备一点土豆，小土豆最好。一点洋葱，一点胡萝卜，胡萝卜也要嫩的，baby carrot。”

“米饭呢，要用多少米？”

“你几个人吃？”

“一个人。”

“那两杯米差不多，水面高过米约1.5厘米。煮饭前米要浸泡20分钟……”电话那边有人在叫她。

“你在忙吗？”

“我在拍视频，介绍一道适合夏天聚会喝的冰饮。”

“你去忙吧。”

“嗯。”

何至远站在货架前，电话响，是路初月：“米改三杯的量。别忘了还要买一桶香草冰淇淋和一瓶罐装可乐。”

“这些也是要放在咖喱里面？”

“不不不，这些是给厨师的酬劳。视频马上拍完了，我去给你做咖喱饭吧？”

“好。把地址发我，过去接你。”何至远不知道自己在微笑。排队结账的时候，平时在公共场合“眼观鼻鼻观心”的他四下张望，很想再遇到刚才那个小男孩，告诉他自己找到了要等的人，顺便炫耀一番今晚他会有美味的晚饭吃——不是一般的晚饭，是“世界上最好吃的咖喱饭”。

☽

坐在浓荫的路边，何至远听完一张CD，注视路初月拎着只纸盒子快步向他跑过来，开门的时候蝉鸣与热浪一同涌进车厢。

“买这么多？”她发现车后座上放着两只硕大的购物袋。

“你没说一些是多少啊。厨师说的少许、适量，很难把握。”

“没事，那就多做一点，你可以带盒饭去公司。”路初月查看购物袋里的食材，“咦，这个咖喱块不是我之前带过来那个牌子哦。”

“是吗？”何至远假装认真驾驶的样子，“我看着包装很像。”

“这个牌子也很好吃。”路初月继续研究食材，从购物袋底找到一盒黄油，“啊，还有黄油。

多下来的蔬菜，我给你做一个奶油炖菜吧！”

到门口，两手提着购物袋的何至远对着大门，郑重其事地说：“芝麻开门。”路初月连忙拿出挂在脖子上的钥匙开了门。

客厅依旧没有添什么家具，原本空荡荡的书房里多了个书架，他把飞机模型们带了过来，在那些熟悉的模型边有一只破损的米色骨螺，它很旧了，形状残缺。路初月没有像以往拿着飞机模型追问何至远型号那样触碰那只骨螺，只是站在一手宽的距离外说：“好漂亮……”

“是维纳斯骨螺。”何至远告诉她，“虽然外型秀气，但却是食肉动物。”

何至远的厨房依旧是一尘不染的样子，散发着那种不做饭的厨房才会有的空旷气息，像一个因为缺少关怀而变得冰冷不易亲近的人。洁净光滑的大理石料理台上如今放着路初月送来的咖啡机和烤箱，橱柜里也有她送来的各种餐具。但这个家还是太空了，空得仿佛主人并没有常住的打算。路初月想着还能再送点什么过来，填满这些空旷。

厨房里没有围裙，何至远把自己的卫衣拿给路初月当外套，还手脚麻利地洗干净了所有蔬菜，满脸虚心求教的表情站在路初月身边。

路初月将咖喱块掰开放入锅里，加水，开大火。再准备一锅水，加姜葱，烧开，将切块的鸡胸肉过沸水后捞出，冷水冲掉残渣，放入正好烧开的咖喱酱中，转小火慢炖。

“如果加青椒、花菜、胡萝卜这些蔬菜，也可以在油锅里略翻炒一下备用，也可以不炒，如果翻炒，油不要放很多。你看好哦，最先放洋葱，洋葱虽然容易熟但需要它们化在咖喱中，所以需要更多烹饪时间。土豆切成小块，在加了少许盐的开水中煮一会，取出晾干。如果你赶时间，土豆丁也可以煮烂一点再放进咖喱中。出锅前撒一些黑胡椒粉。”路初月一边忙碌，一边教授烹调步骤。“我上次买的黑胡椒还有吗？”何至远从橱柜的高处拿出那瓶黑胡椒，几乎原封未动。

“还是没学会做饭？”

“楼下便利店的三明治有五种口味，如果不盯着同一个口味吃，也是可以忍受。”何至远摊手，“所以周末想学一下咖喱饭，做一锅，吃两天正好。”

“那现在学会了吗？”

何至远摇头：“没有。”

“可是你刚才看得那么认真，好像完全记住了的样子。”

“当年那些数学题，我讲那么详细，你学会过吗？”

路初月叹口气，拿出报恩般的诚恳语气保证道：“我以后常来给你做饭，保证教到你会！”

“学不一定学得会，但胖是一定的。”何至远靠在料理台上，笑得很期待。

咖喱在锅里发出咕噜咕噜的声响，浓郁的香味努力地将厨房的冷清一点点融化，像细小的火苗一点点舔着坚硬的冰。等咖喱炖煮入味的间隙，路初月将冰镇过的可乐倒进玻璃杯，挖一个圆滚滚的冰淇淋球放进可乐，气泡“唰唰唰”地将冰淇淋球包围，路初月从口袋底掏出几片薄荷，放在香草冰淇淋上。

“真的不尝一口？”她问倚在料理台上喝美式咖啡的何至远。

“我不喜欢吃甜食。”

“很好吃哦。”路初月吃一口冰淇淋，又挖一勺炫耀地凑到何至远面前。

“是吗……”何至远话音未落就低头吃掉了那勺冰淇淋，吃完悠闲地靠在料理台上用细细品味的语气说，“好像是不错。”

路初月举着勺子，半晌没说话，脸渐渐红了，觉得自己像一只草莓冰淇淋，在八月的烈日下化成了湿乎乎黏嗒嗒的一摊印记。安静的空气里，只听见可乐气泡的声响，这是她第一次发现原来气泡也能发出这么大的声音，噼里啪啦噼里啪啦……

“咖喱是不是好了？”何至远问，嘴角弯弯。

☽

“对。”路初月揭开锅盖，把脸藏在腾腾的热气里。

晚饭后路初月从冰箱里取出刚才带来的那只纸盒：“我种了三年的柠檬树第一次结柠檬，趁今天去公司拍饮品的视频，顺带用公司的大烤箱做了只戚风蛋糕。”打开灰白色纸盒来，里面是只小小的柠檬蛋糕，简单的白色裱花，气味闻起来明亮得像小时候喝盐汽水的暑假。

“一点都不甜，你尝一块？”她不由分说地切一大块给何至远。

“你的柠檬树结了几个柠檬？”

“一个。”路初月不好意思地低下头，“我不太会照顾植物，它总是开花，却不肯结果。”

“这是一块很珍贵的蛋糕。”何至远笑，“好像不吃完的话，很对不起你的柠檬树。”

“拍摄的时候有点匆忙，好像把白瓤磨进去了，会不会有一点点苦味？”路初月给自己切了一小块，认真品尝。

“没有，刚刚好，酸甜适口，还有很浓郁的柠檬香。”何至远快速把面前那块蛋糕吃光，用行动给蛋糕打满分。

“甜是放了蜂蜜，蜂蜜还会让蛋糕更蓬松，虽然我不知道为什么。”路初月一脸困惑，“你说不喜欢吃甜食，我就想着不要把这块柠檬蛋糕做得太甜。糖的分量不太好把握，刚开始糖放少了，蛋糕很酸。试过很多次后，发现加点蜂蜜最好。”

“每样东西一开始都是酸的，然后慢慢变成甜的，接着转为苦涩。”

“你说什么？”路初月咬着勺子。

“是我喜欢的一个作家在他回忆旧事的散文里写的句子。”

“你的书呢？你这个新家，没有什么书。”

“我把它们都留在纽约那个家里了，不知道后来的屋主怎么处理那些书和家具。路初月，我发现一件事。原来我很喜欢吃甜食，只是以前吃到的，都太不好吃了。”何至远把剩余那半块蛋糕风卷残云吃完，“接下来我们吃点苦涩的，我来做咖啡。你送的咖啡机很好用。”

“最近还去相亲吗？”在咖啡机努力做咖啡的噪音里，路初月大声问。

“你是不是又有了特别想吃的餐厅？”何至

远笑。

“你的车已经修好，不需要我当兼职司机了。”路初月怀念那个在副驾驶座上吃外卖的新年，“我是关心你。”

何至远躲在咖啡机的声音里低声说：“我最近开始觉得我父亲给我取的这个名字很有意思。何至远，或许是何必舍近求远的意思。”

“你说什么？”

“我说，有些事情，是可遇不可求的。”何至远看了看表，说，“今晚正好是满月呢。”

路初月从窗口看出去，只看见漫天的浓云：“你怎么知道？”何至远伸出手来，他戴着只月相表，已经有些年头了，陪他经历过很多很多次的月圆月缺。

chapter 6

我不是烤箱。

我是烤箱边上，

专心等面包出炉的人。

如今的人大概已经不知道没有网络的日子该怎么过，路初月却觉得因为网络，她都不知道该怎么过下去。为维持人气，她不得不维持更新速度。虽说世界上的植物有三十多万种，其中可食用的菌类就有上千种，但寻常可见的食材数量确实有限，“神龟虽寿，犹有竟时”，她这样回复小夕催更的微信。

“海龟是保护动物，不能拿来做菜，你再想想别的招！”这是小夕的回答。

想新菜谱正想得头痛欲裂，妈妈来电话，先是问路初月为什么周末不回家，又问要不要去相亲，最后勒令她要记得吃饭。遭受连续暴击的路初月干脆放弃抵抗，关上电脑乖乖下楼到附近的小店吃米线。隔壁桌的阿姨在聊天，谈到感情问题，其中一个说："再也不会那样爱了，因为再也没那么多钱了嘛。但两个人吃吃路边摊也蛮好。"路初月在心中默默为这句至情至性的话点了赞。

散步回家的路上，发现绣球花季又要来了，常年在这附近开着小卡车卖水果的小夫妻，这次载了一车的香瓜和黄桃，空气里弥漫着金灿灿的甜蜜香气。路初月被这香味馋得迈不开步子，从山一般高的水果堆里选了几个满月似的黄澄澄圆鼓鼓的黄桃。回家后，趁揉面烤奶香吐司面包的间隙，选最软熟的三个黄桃切丁熬制起黄桃酱来。

黄桃酱明亮的气泡，咕噜咕噜地不停冒着。看着烤箱里的面包如蓬松云朵般鼓胀起来，仿佛在给自己打气，路初月拿起手机，鼓足勇气拨了那个电话号码。

“何至远，明天你有什么安排？”

“明天？”

“明天是周末。”

“是吗，今天周五了？”

“你不会还没下班吧？”路初月一口气说完自己的计划，“我做了面包，还做了果酱，一个人吃不完。明天给你送早餐过去可以吗？”

“好。如果我还没起床，你自己开门。”

“你一般几点起床？”

“6: 30。”

第二天路初月打着呵欠赶到的时候，何至远已经在煮咖啡。用奶香吐司做完三明治，路初月坐到橱柜上，看着手机上的时间专心地等水开。她制作溏心蛋的方法是水开一分钟后关火焖三分钟。制作三明治时切下来的吐司边也不用浪费，抹上黄油后在平底锅里炸一下，再洒少许蒜香海盐或罗勒香草碎粒装盘，放微波炉里加热三十秒，就是手指面包条。

香喷喷的面包条上桌的时候，何至远随手拿过财经杂志和报纸给路初月当隔热垫。眼尖的路初月在封面上看到何至远的名字，抽出杂志来找到那篇专访，认真读完他的简介，疑惑地问：“所以，你不是卖保险的？”

“健康保险是我工作的一部分。”何至远的

心思都在三明治上，“你放了什么材料，怎么这么好吃？”

“黄芥末酱和香肠，还有一点黄桃酱和奶酪。芥末酱是超市买的，黄桃酱是新鲜的。”路初月放下杂志，“那其余都是些什么事？”

“其余啊？简单来说，我们和病理学家合作，希望通过案例研究发现慢性疾病的预防和治疗。团队还包括营养学和运动学的专家，他们记录和研究人们的日常身体数据，预测健康状况发展。更简单来说，我们的工作是分析数据。”

听得糊里糊涂的路初月拿勺子敲开蛋壳，拿面包条蘸着浓稠的蛋黄边吃边说：“你每个字我都懂，连起来就不懂了。大概是小时候太不喜欢吃蛋黄了，所以不聪明。”

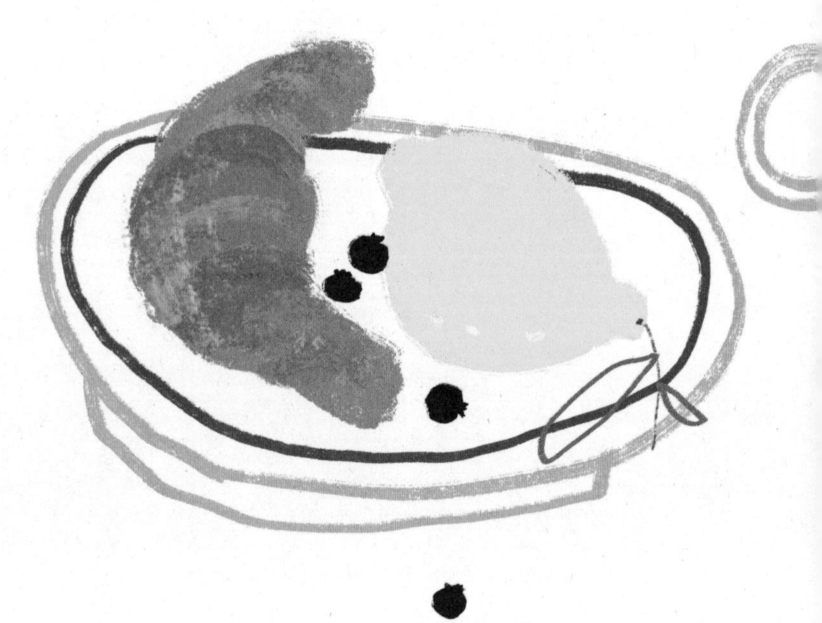

“把饭做得好吃就是了不起的技能。”何至远惊讶地发现自己不知不觉已经解决掉了盘子里所有的三明治和面包条。

“我觉得发明威化饼干的人才是真的了不起，小小一片饼干却酥软和松脆层层搭配。”路初月把吃不完的早餐偷偷放进何至远的盘子里。“分析数据听起来很厉害，那关于相亲的成功率，统计学数据有什么说法吗？”路初月一脸认真的好奇。

“关于这事，统计学说：不如相信星座运程。”何至远笑，“再加上血型，可能会更速配。”

“我妈说，现在人的问题是选择太多，都不知道自己喜欢什么样的。她说不管愿不愿意，多相几次就知道了：起码这样的不能要。”路初月对妈妈的疲劳轰炸快要无力招架。

何至远就着快冷掉的咖啡，迅速干掉盘子里“长”出来的美味面包条：“你知道吗，即便在最无私的爱里也有盲目和误解。我父母以为新的开始能抹平过往的不愉快。为着他们的心情，我也乐于假装配合。毕竟过去十年，我因为工作疏忽了很多事，包括家人。”

“你行情怎么样？”

“托赖，不好。”何至远欠欠身。

“我记得你大学时候很受欢迎，某年暑假还有女生让我帮忙递过情书。那个女生后来怎样了，有联系吗？”

“那是她给我写的第一封信，告诉我她要随父母移居纽约。”后来，后来他们在纽约重逢。再后来的故事，他已经都告诉路初月知道。

那天放暑假的路初月出门去逛书店忘带钥匙，只能在门口等爸妈下班，看见有个穿米色长裙的女生在楼前花坛边来来回回走了好几遍，又在楼道信箱前站了很久。路初月过去问：“你是至远哥哥的同学？”

因为这封信，路初月让何至远给她买了一个暑假的棒冰。如今想来，几根棒冰换那么多年的美好时光，虽然最终是一个心碎的结局，但那已是他至今做过的最心甘情愿的交易。

“你的未婚妻，是怎样的人？”

“聪明，开朗，不拘小节，爱工作。无论是工作还是生活，她都处理得井井有条。当然，有过争吵，很多是因为工作。她是我最好的朋友，是我的亲人。”

“对不起，我好像不该问这些问题。”路初月去厨房重新做两杯热咖啡。

“没关系。”何至远看着餐盘里的面包屑，仿佛那是一本意义深奥的典籍，“真奇怪，这些年没有人愿意和我谈起她，问出他们的疑问，尽管我知道所有的答案。你知道吗，死亡也有它的好处。”它就像一个滤网，将所有不愉快的记忆清零。只有那些美好的甜蜜的记忆留了下来，每次回望都像品尝裹着糖霜的苦药。活着的人，通过书籍、戏剧、绘画表现和探索死亡，人们带着恐惧想要明白它的意义，死究竟是生的对立面还是延续？死亡对何至远来说，就是再也见不到一个人，如此简单又无可安慰的痛。路初月想要伸手抚平他的眉头，但她只是紧紧握住了咖啡杯。

“你会觉得，拥有过再失去，好过从来没有拥有过吧？”何至远抬起头，看着她的眼睛，“我心目中的路初月，是这样乐观的人。”

“我不奢望得到什么，但也不愿失去已经拥有的那些。”就算她拥有的那些看起来微小寻常，路初月也不愿失去。比方说，缺少那一点点似乎微不足道的酵母，面包就会做不成。因为生活就是由这些微小的平凡的事和物组成，失去它们，等于失去自己。“这好像不是乐观，是小气。”

“路初月，你是只烤箱。”何至远笑。他笑的时候，有弯的嘴角，舒展的长眉，以及那么深那么深的眼眸，像没有尽头的长路。

“你又说我是烤箱！我不是烤箱。”路初月抗议，“我是烤箱边上，专心等面包出炉的人。”

“路初月，不要去相亲。”何至远握着咖啡杯，像占卜的人望着杯底咖啡残渣，预言路初月的命运。关于这句话，路初月既没有反驳，也没有问为什么。

chapter 7

因喜欢一个人而怀的心事，

在夜色里偷偷检视，

竟如此甜美，甜美到酸涩。

在搜索栏输入何至远，路初月发现有那么多关于他的报道。说着术语研究数据模型的何至远，穿正装不苟言笑的何至远，清晨6: 30起床的何至远，中午在公园吃三明治当午餐的何至远。

而初次见面时给她打包烤羊排的何至远，在车厢暗淡的灯光下全神贯注回邮件的何至远，给她买蛋糕店最后一块草莓芝士蛋糕的何至远，在路边等她下班的何至远……这些都是，在度假的何至远。而她自己的假期，也要结束了。路初月给经纪人小夕发消息："我想开工了。"

小夕秒速发来十余份提案和两个字："你挑。"

公司最看好的是一档名叫《挑战大厨》的真人秀："这个节目会让你的人气更上层楼，而且会有一笔不错的收入。如果你愿意，我马上让网站提供合约。"节目需要路初月每期和不同的嘉宾厨师对战，两人拥有相同数量的预算用以购买食材，根据当晚网络票选出的主题分别制作菜式，由评审团盲评。因为主题不到最后一刻谁都不知道是什么，所以挑战很大。

签约那天，路初月赶到公司楼下咖啡馆的时候，小夕已经给她点好了咖啡。一喝，不热不冷，不浓不淡，味道莫名。小夕头也不抬地说："热美式加脱脂奶，专门为减肥又意志不坚定想喝牛奶的人准备的。”

“这简直和涮锅水一样难喝。”

“说得跟你喝过涮锅水似的。”小夕喝着自己那杯美式，“你是我手下的头牌，怎么舍得给你喝涮锅水。”

“可是以前你最疼我，给我喝大杯巧克力，上面还可以加大大一坨奶油。”现在她居然连看一眼蛋糕柜的资格都没有了。

“那是店家送的券，不用白不用嘛。”

“这次的新节目，我需要做什么？”

“参与撰写台本以及健身。上镜要最好的状态，工作强度也很大，所以你得增加体能。”小夕最后加一句，“还有，这个节目的外景主持会是杜星，这是赞助商的意思。”

“他做他的工作，我做我的，不相干。”路初月丝毫不以为意，“我眼里，只有工作。”听见赞助商的要求，她内心不是没有触动的。除了杜星的主持功力，他们看重的不外乎是话题度。但她知道生活里没有十全十美的事，回想过去几年的生活，路初月觉得还不到三十岁的自己越来越像个萧索的中年人，很喜欢放弃，早不做讨价还价的打算。她害怕，害怕一无所有的虚空，也怕找不到目标和方向的空虚，不知道在网络之外自己是不是还有价值，也不知道没有了网络该如何生活。这几年几乎所有的喜怒哀乐都是网络给的，在微博上说一声晚安，大概会有几百条回复和她道晚安，但在生活中，因为工作压力睡不着的路初月，不过是独自坐在沙发上刷网络言情剧而已。做过最多的工作是接受邀请去餐厅试菜，无论喜欢与否都要根据要求撰写赞美的微博微信，直到对美食的喜爱与期待成为负担与压力，直到身体因为这种抗拒开始生病。这样的自己，实在不值得什么人喜欢吧，所以挽留和争取，都不是曾经那个她敢做的选择。

如今路初月选择重新回到镜头前，就像当年参加那场让她一战成名的挑战赛。前方虽没有千军万马，但有人心千头万绪的变化。赞扬、批评，大量宣传带来的无限人气，或许还有无理的攻击，只是，这些，如今的她都没有兴趣一一细究，她要做的是以才能证明自己。

结束锻炼的路初月偷偷到路边便利店买三明治吃，今天鸡肉三明治大优惠，不知道何至远有没有在他公司楼下的便利店抢到同款。这时候电台里开始播《达尔文》，整个便利店的明亮灯光都因为歌词里的惆怅显得柔软了起来。他轻叩在方向盘上的指节，眺望朦胧路灯的眼神。因喜欢一个人而怀的心事，在夜色里偷偷检视，竟如此甜美，甜美到酸涩。她跟着电台轻轻哼着这首他哼过的歌，发现每一句歌词都说中了心事。

何至远的电话在这个时候响起，接通后他并没有马上说话。两个人在电话两端沉默，耳朵紧紧贴着手机，像是要在寂静之中辨认出对方的心跳。

路初月先开了口："下班了吗？"

"还在办公室，等一个电话会议。"

"晚饭吃什么？"问完她笑了，"三明治？"

"是。今天去得晚，便利店还剩下最后两个三

明治，好惊险。”何至远停一停，“我很想念你做的晚饭。”

“何至远，我要很久不能给你做饭了……”

“你在哪里？”何至远坐在办公桌前，听到电话那头隐约传来了歌声。

“在小区门口的便利店偷吃三明治。”为了保证镜头前的形象，公司给路初月请了健身教练，每天上课跳操做瑜伽，还要控制饮食，蔬菜沙拉加水果。这让路爸爸给她安排的餐厅大厨私房突击培训课成了声势浩大的折磨，那么多美味佳肴近在眼前，却只能动手做，不能动筷品尝。

“路初月……”

“什么？”

“我很想念你做的咖喱饭。”

“嗯。”

“我还很想念你做的肉桂卷。”

“我把独家配方发给你，你学着做一下？”

“也好。”

“要准备437克中筋面粉， 75克糖，152克黄油，3克酵母，237毫升牛奶，1.5克盐。先把酵母和部分糖还有部分温牛奶化开静置10分钟，把剩下的牛奶糖黄油盐混一起隔水煮温……”

“这克数和时间，也太难了，我怕学不会。”

“你不是对数字最擅长吗？”

“现在我对很多事情都不太确定了。”

开完会赶回去的时候，何至远发现路初月来过了。焖锅里有一锅腌笃鲜，电饭煲里有米饭。咖喱炖菜旁有她留下的粉色便签，字体圆圆的："凉了配热米饭更好吃。"他在茶几上发现用钥匙压着的纸条："别忘了看一下冰箱。"何至远打开冰箱，餐盒里是五种口味的三明治。

何至远回到客厅，拿起那把钥匙，细细看它的纹路，起起伏伏的棱角如山峦层叠，仿佛是要看清路初月留在上面的指纹和体温。然后他蜷起手指，将钥匙握在掌心，冰凉的触感将他送回加州那个落雨的海滩。维纳斯骨螺留在掌纹里的痛觉从未散去，他依旧是那个被留下来的人。

chapter

8

“孤独”是个孤独得这么具体的词，

像卵石一样坚硬完整光滑，

所以找不到匹配的形容词副词。

☽

路初月在会议室再次看见杜星的时候，并没有特别的情绪波动，这让杜星有些失落。在外人看来，也就是旧情难忘的黯然。他好像胖了，但路初月怀疑只是自己看多了言情剧，特意加了这样群众喜闻乐见的戏码，要知道杜星是最在意形象的，也就是俗话说的，偶像包袱很重。一个将白色礼服与增高鞋垫当作幸运装备的人，没有发胖的资格。

第一期节目播出后，当晚路初月的微博粉丝增加了五十万。第二期节目播出后，相关话题直接进入了微博热搜前五。但路初月已经关闭了消息提醒，她记得曾有人问她：手机这么响，正常吗？

中秋节回父母家吃晚饭，旁边那个车位依旧是空的。路初月不记得那晚有没有月亮，只记得那晚回家后，她在柠檬树旁坐了很久。然后回到工作台前，埋头做起了蛋糕。

深夜，她在微博“胖胖的月牙”上宣布停更很久的“甜月亮食堂”重新开张，第一个食谱是樱桃熔岩蛋糕。

“外表虽不出众但滋味浓郁的巧克力熔岩蛋糕总让我想起钟楼怪人，他难言的火热的内心。另外加入我很喜欢的水果：樱桃。因为小时候大人告诉我，吃过樱桃留下的樱桃核，可以对着它许愿。樱桃核发芽的时候，愿望也会实现。你许下的愿望或许永远都没有发芽的那一天，就像你要找的东西，很可能永远也找不到。要知道，心里想念的人就在身边，是多么珍贵的幸福。那或许是仅凭努力还远远不够的幸运。但没有努力许过愿望的人，是不会收获愿望实现的幸福的。祝你好运！”

樱桃熔岩蛋糕：

黑巧克力100克

黑樱桃10颗

低筋面粉 20克

黄油50克

白砂糖50克

可可粉20克

朗姆酒15克

鸡蛋3个

食用油少许

小火将少许黄油融化，趁热加入一半分量的切碎的黑巧克力，搅拌直到黑巧克力全部融化；

将巧克力内馅放入冰箱冷藏备用；

樱桃去核切碎；

将剩余黑巧克力切成小块与黄油隔水加热直到融化，加入朗姆酒、樱桃肉与可可粉搅拌均匀后备用；

将鸡蛋和糖粉打发至浓稠状；

在打发的鸡蛋液里加入巧克力樱桃糊，搅拌均匀；

再加入20克低筋面粉，继续搅拌均匀成蛋糕糊；

烤箱预热到175℃；

在模具内涂抹上一层食用油以便脱模，将面糊取一部分倒入模具中；

挖一块凝结的巧克力内馅，放到模具中间；

继续倒入面糊覆盖内馅，直到七分满；

放入烤箱中层，175℃烘焙15分钟。

城市的另一头，结束了国际电话会议的何至远，在停车场吃着助理给大家订的月饼，看见了一轮完美的月亮。月亮，无论在何处抬头都能看见，却永远触碰不到。这大概就是我们和很多人之间的关系。何至远告诉自己，生活并没有什么不同。

他也努力说服自己生活如此简单，不过是一个个会议，一封封邮件，倒数的交通灯，便利店塞得满满当当的冷柜，短暂的黄昏之后漫长的夜晚。回到住处，用微波炉加热三明治，从冰箱里拿出水果，打开电视搜索到新闻频道，用咖啡机做一杯咖啡，然后坐在窗前看着街景把三明治和水果吃完。

潮汐般不定的命运，吞噬或丢弃了不计其数的东西。只是今夜看着楼宇间那轮圆月，他发现“孤独”是个孤独得这么具体的词，像卵石一样坚硬完整光滑，所以找不到匹配的形容词副词。

打开不久前下载注册的微博，系统提醒他唯一的关注人更新了一条微博。那几天，为何至远打扫卫生的钟点工在厨房的垃圾桶里发现了数量可观的黑色碳状物。

“先生你在研究什么？”钟点工忐忑地问。

“碳素雕塑。”

“先生你什么时候这么会说笑了。”钟点工清理着厨房的料理台，默默心疼面粉和烤箱。

生日那天，路初月奉命回父母家吃面。旁边的车位上，是久违了的那辆黑色奔驰。车里的人在路初月锁车的时候，下了车。

“好巧，你也回来。”路初月觉得他左手插兜站在车门边的样子很帅。好久不见，他穿一件浅褐色的灯芯绒外套，是她秋冬时节最喜欢的焦糖的颜色，又有些像街边的落叶。走近发现，外套有些旧了，和他的神色一样温和。

“我正要走，这次回来是为了收拾一下房间，刚找了搬家公司把旧书桌搬到现在的住处去。”

“你的新家，确实需要添些家具。”

“既然你今天生日，有件礼物给你。其实也不算礼物，是你忘在我家的东西。”何至远从外套口袋里拿出钥匙，挂在路初月脖子上，“我换了根牢一点的链子。”

“你怎么知道我今天生日？”路初月握着胸口的那把钥匙。

“你的名字，我记得叔叔说起过来历。”

☽

路初月的生日是农历九月初三。“可怜九月初三夜，露似真珠月似弓。”

“你很久没有回来了，工作很忙吧。”

“是，有点忙。”

“我公司很多同事是你粉丝，茶歇都在看你的节目，那个和厨师比赛的节目。”

“你有没有好好吃饭？”

“当然。”何至远回答得眼睛都不眨一下。厨房抽屉里一排各种维生素，科学配比，精确饲养。

“最近还相亲吗？”路初月问，“那张餐厅的单子够不够用？”

“不去了。”何至远答得干脆，微笑让人如沐春风。

“是因为找到女朋友了吗？”这句话路初月没

有敢问出口，它像不小心咽下的水果糖哽在胃里，坠坠的，迟迟不肯融化。

对路初月的欲言又止，何至远一笑置之：“来，我送你上去。”

电梯门开了，门口等着一个人，是杜星。

“回来啦。我来看看叔叔阿姨。”他手里提着蛋糕和水果，“还有给你的蛋糕，今天你生日。”

路初月停在电梯门口，看着杜星，没有要上前招呼的意思，杜星保持着招牌微笑，假装没有看见路初月紧紧攥住何至远衣袖的手。

“你好，我是小月的邻居，何至远。”何至远打破沉默，点头致意。

“你好，我是杜星。”杜星很想拍一拍自己笑到僵硬的脸颊，可惜匀不出手。

☽

“久仰。”何至远退一步回到电梯里，“路初月，我先回去了，搬家公司该把家具送到了。生日快乐！”电梯门关上那瞬间，他很想伸手摸一下她毛乎乎的鬓角，但他只是把贴着创可贴的手放进口袋。可惜电梯门关上的速度依旧不够快，何至远听见杜星对路初月说：“我很想你。”

依旧有些温热的夜风吹进车窗，何至远却觉得有只冰冷的手伸进他胸腔里，抓住他的心脏。酸且涩的痛。

我很想你。

这个城市谁对谁的想念能够面对面当面递送，谁对谁的想念有幸乘风不远千里抵达，谁对谁的想念又只能如顽石永坠深渊无有去处？

路初月听着电梯门哐一声合拢，努力没有回头。

“小月，我是真的想念你。”

路初月看着面前这个男人，觉得刚刚在节目录制现场见过的杜星大概看了太多不切实际的言情小说。

“我想念作为我女朋友的你。”杜星看到了路初月眼里的茫然，他曾经在这双眼睛里找到过暗夜星光一样灿烂的笑意与关切。

面对此刻的工作搭档，路初月无法拂袖而去，只是说：“我们更适合做朋友。”

“我们之间，有很多误会。”

“我们之间，是有天大的误会。”

“你别生我气了。”

“我太忙了，没空生你的气。”两年多的感情，多少应该留了点眷恋在心底，路初月却诧异地发现此刻自己内心如此平静，这平静甚至更多是因为节目的良好效果而终于平息的那些负面网络骂战，与面前的这个人没有多大关系。两个人各怀心事，矗立在门外，谁也没有找台阶下的意思。

“经过这些天，我发现真正爱的是你，小月。”杜星说这句话的样子仿佛在研究一本菜单，“我决定了，我爱的人是你，一直都是你。”

“你的心是开关吗？按一下灯灭，再按一下灯亮？”生活里，真是充满了比喻句。用另一样物品来形容一样物品，差不多的替代。感情里是不是也一样，差不多的年纪差不多的身型，一个人离场另一个旋即取代？路初月看进杜星的眼睛里去：“可我的心不是。”

“你真的一次机会都不给我。”杜星挫败的语气里有隐隐的怒意，“我们之间的过去，难道你一点都不留恋吗？那些日子对你来说毫无意义？”他好像完全忘记曾在网络上与人秀恩爱的是他，当无花果小姐掀起网络骂战对路初月造成困扰时，一言不发作壁上观的也是他。

路初月刚想大声说是，杜星突然放软了语气：“小月，我有苦衷！”剧情如此峰回路转，路初月语塞，路爸爸在这个时候开门救场：“小杜啊，来都来了，进屋吃饭。”

“就是嘛，快进来，多添副碗筷的事情。”路妈妈的表情好像在说：你们刚才的对话我可是都听见了呢。

杜星带着感恩的表情坐下吃饭，席间不住夸赞路伯父的手艺，饭桌上洋溢着热闹的气氛，好像只有路初月在这热闹里感受到一种尴尬，像混进甜汤里的一缕油渍。杜星看着路初月没有表情的脸，知道她还在气头上不会就此原谅自己，又碍于长辈在场不便发挥，吃完饭乖乖刷完一堆碗后告辞。路初月给爸爸沏了茶，也正准备走，被妈妈拦住："难得回来，再坐一会儿。你说说，月亮都能重新圆，你们就没可能复合吗？"

路初月哭笑不得："妈，比喻不是这样用法。"

"那你又不肯去相亲！"路妈妈一边切水果一边摆事实，"你看对门你至远哥哥，回国也没多久吧，听说相亲找到个不错的对象，律师……"

"律师的工作好像很忙，小何工作也忙，会不会没有时间谈恋爱啊？"路爸爸想在外围解救女儿。

"都是为着结婚去的，恋爱不能结了婚慢慢谈啊。"路妈妈反驳，"小月不上班呢，大把时

间，你看她把时间放恋爱上了吗？”路初月仿佛听着关于别人的事，她木然起身告辞。不记得自己是怎样开车回到了住处。城市的霓虹灯照亮她小小的住处，整洁的料理台一副期待的表情。

那天晚上，路初月在微博发布的食谱是“美人鱼的眼泪汤”：

“最近工作很累，所以回到家很想喝碗汤。那就简单做个汤吧。我也曾以为找到了生活幸福的秘密配方，但生活从来没有这么一目了然，甜与苦，悲与喜，陪伴与离别。幸福的配方需要不停地实验才能完成。让你所有因为伤心过往而流的泪水，都在心底凝成珍珠。说到美人鱼，为什么很多品牌喜欢把巧克力做成大海中各种贝壳与海螺的形状？虽说很美，但咬之前总有点担心自己的牙齿。”

美人鱼眼泪汤：

花胶100克

洋葱1/4个

花胶泡发；

洋葱切碎；

花胶放入水中，大火烧开后放入洋葱末，文火慢炖，出锅前加盐。

P.S. 花胶汤冷却后放入冰箱，会凝固成鱼冻，配刚出锅的白米饭也不错。洋葱能让人轻易流泪，什么蔬菜能让人立即喜笑颜开呢？找不到这种蔬菜的话，柔软透明又美味的鱼冻，是能令人稍许获得好心情的替代。

这条眼泪汤的微博，一晚上有五千多条转发，一万多条留言。

“丹麦旅游局想问，你有没有兴趣去哥本哈根采风。”小夕给路初月发消息，“跨界旅行达人也是不错呢。”

“不去，Noma都关门了。”

“小美人鱼还在的呀。”小夕从来不是容易气馁的人，“《挑战厨师》第二季说不定可以去欧洲出外景呢，我和制片人说去！你想啊，在美人鱼雕像前熬汤，是不是很赞？”

“在美人鱼雕像前熬鱼汤，是很有创意，但是也很残忍。”路初月答。

回到住处的何至远坐在旧书桌前，独自吃完一整个自己烤的樱桃巧克力蛋糕，家里没有朗姆酒，他改放了威士忌，所以味道有点苦。

“生日快乐！”他对着桌上那弯涂改液画下的早已模糊的新月痕迹低声说道。

chapter

9

生命中的那些别离并不是突然降临的，

原来都是很早很早以前

就已开始了。

公司会议室，从美国过来参与新保险产品计算模型研发的学妹看着何至远手上的创可贴，拉过他的手来惊讶地问："师兄，你和人打架？此地职场竟如此凶险？"

何至远早已习惯了这个学妹莽撞不拘小节的风格，但并没有即刻缩回手，只是咬着牙说："公众场合，注意分寸，不要动手动脚。"

"大不了我离婚对你负责。"学妹没有放手的意思，"快说，怎么这么多伤口？是不是遭遇情敌？此地民风当真如此引人入胜？”

“没有这么多戏剧情节，烤蛋糕时不小心弄的。”

“学烘焙会伤成这样？”学妹的表情比刚才发现伤痕时还要惊讶几分。

“怎么不可能？烤盘太烫，菜刀太快。”

“听说亲一下就好了，要不……”

“你再不控制自己，我打电话给你老公，你在中国的假期从此结束。”何至远试图挣脱魔爪去拿手机。

但是师妹的魔爪并没有那么容易被挣脱：“你的感情生活究竟如何？”

“过得去。”何至远笑，“据说我目前相亲认识了一位很能干的律师。”

“据说？”师妹很快明白过来，“为了摆脱叔叔阿姨的相亲安排，你虚构了一位女友？”

“工作同样忙碌所以无法跟我回去见家长的完美女友。”

“到最后很容易虚实不分，我突然很担心你的精神状态。”学妹举手投降，“还有手上这些伤，你真的只是在学习做饭？”

“不，我在学习生存。”

说者无心，这句玩笑在听者耳中，无限凄凉。

“师兄，朝前看。过去的事，就让它过去。”

“正因为如此，所以要努力生活，也正因为如此，我要学会做饭改善生活啊。”

“不如你跟我回美国，让我们照顾你，你正好发挥余热再带支无敌战队出来。”

“我刚把家搬回来。”

“你家徒四壁，孜然一身，回总部也就是一张机票的事。”

“是孑然一身，没有反文旁。”何至远抽回手，仔细理好袖口，“今天不少会议，你都准备好了吗？”

“就等着你请我吃大餐奖励我的优秀表现了。看来吃师兄您亲手做的美味是不可能了，本市有没有什么特别好吃的餐厅，晚上去犒劳犒劳我思念故土的胃？”

深夜结束了马拉松一般的会议，夜色已深，何至远不忍心远道而来的师妹回酒店叫客房服务，从办公桌最上层的抽屉里取出一张折叠得整齐的纸，上面是路初月用圆圆的字体写下的一个个餐厅名

纯中藥加熬
滷味
关東煮
滷味

字。其中在路边摊中位列第一的关东煮就在公司附近，路初月的备注是：天下无敌的丸子。

“我带你去吃夜宵。”他对开会开到黑眼圈都冒出来的师妹说。

停好车刚一开门，就闻到香味，那是一种会让人五脏六腑都舒坦起来的味道，在夜色中如随风轻轻飘动的细线般牵动人心底对美味和温暖的渴望。

“好香啊。”小师妹雀跃，“师兄你真会找地方。”

“听说这家关东煮有独家汤料，香菇贡丸是老板每天现做，限量供应，希望你运气好。”

有人比他们先到，穿着睡衣站在关东煮摊位前埋头吃着。待他们走近，还没来得及开口，老板就对他俩满脸歉意地说：“对不起两位，今天的关东煮已经都卖完了。”

“可是这些……”师妹不解地看着洗温泉一般在沸腾的汤料里快乐翻滚的香菇贡丸和鱼丸，大口咽了咽口水。

“这位小姐包场，实在抱歉。”摊主无奈地笑，多年老主顾了，她说包场他可丝毫不敢忤逆。

“谢谢老板，那明天我们早点来。”何至远拍了拍师妹挂在他臂弯的手，以表慰藉。听到何至远的声音，穿着睡衣专心吃贡丸的客人转过身来。是路初月，她还有半颗丸子没咽下，所以半张着嘴说不出话来。

路初月先看见何至远臂弯里的手，然后才看见这个挽着何至远的女人正好奇地打量自己。她的长发高高挽一个发髻，化淡妆，深色西装套装外配米白色长大衣，气质干练，站在穿黑色长大衣的何至远身边登对得让路初月的心一阵绞痛。

“这位是我师妹，从美国回来。”何至远介绍，“这位是路初月，我多年的邻居。”

“来吃丸子吧，这家的贡丸超厉害，都是老板手工打制。我包了场，还有很多呢！”居然不是那个传说中的律师，路初月把嘴里的丸子囫囵吞下，旋即在脸上挂一个大大的笑容。

“看来我的运气真是不错呀，心想事成！”师妹朝何至远眨眨眼。何至远只是笑，是路初月想念很久的、最喜欢看的那个安静又仿佛什么都懂得的微笑。

“我差不多也吃饱了，正准备打包。”路初月伸手去纸巾盒里拿纸巾，空了。她犹豫一下，正准备拿睡衣袖口擦嘴，何至远走到她面前，抽出胸口的口袋巾来递给她。摊主正准备从身后拿出新的餐巾纸递上，师妹犀利的眼神已扫了过去，摊主很识时务地将纸巾盒重新放回原处。

“你怎么穿这么少？”虽是暖和的秋天，入夜气温也是偏低。路初月只穿了睡衣，何至远脱下外套来帮她披上，又摘下自己的围巾，一圈圈帮路初月围好。看见她胸口依旧挂着那把钥匙，何至远的手停了一停。

“只是来吃个丸子，本来是想打包带回去的……”路初月捏着何至远的丝绸口袋巾，擦完嘴不知道要不要还给他，所以只能举着。

“我送你回去。”何至远看着被他的大外套和围巾裹成企鹅的路初月。

“我有开车。”路初月低下头不看他，偷偷把口袋巾放进睡裤口袋里。

“那我送你上车。”

路初月将车停在了附近的小巷里，两人肩并肩走，路灯在他们身上撒下糖霜一样蒙蒙的光。月亮看起来是这么近，就在街道的尽头，街灯的后面，走过去一伸手就能摸到，探头或许还能看见月亮的背面。月亮的表面应该像小时候画过的石膏像，轻且滑，会在指尖留下细腻的粉末，叩击起来带一点空响。路初月吸一吸鼻子，暗暗地想。

“在想什么？”何至远低头看着路初月若有所思的安静侧面。

“这么巧，你们也来这里吃关东煮？”

“记得去年过年的时候，你给我列过一张单

子，偶然发现这个摊位就在公司附近。”何至远说。

路初月当然记得，当时她在台灯下裹着毛毯把自己觉得好吃的，想要吃的餐厅和路边摊都列了一遍。如今她和这张单子都该功成身退了。

“这单子看来很奏效。”围巾围得太紧，路初月语气闷闷的，“你们两个挺般配。”

何至远并没有解释什么，只说：“你和杜星都好吗？你们的节目很精彩，中午休息时很多同事在休息室看。我也有看。”

路初月低头道：“我们，也蛮好的。”他们已成了鸡犬不相闻的同事。

空气里传来隐隐约约的香气，甜蜜得像奶油。路初月吸一吸鼻子，何至远说：“是结香，大概因为气温低，开得有些早。听说将它的树枝打一个结，梦想就能实现，我陪你找到这棵树，你许个愿然后在树枝上打一个结，好不好？”

路初月摇摇头：“算了。”

何至远见过路初月伤心，也见过她哭泣，但没有见过她这样低落，担心地问：“为什么这么说？”

路初月低着头答：“人自己都做不到的事情，怕树会更为难嘛。俗话说，树犹如此，人何以堪。”

何至远握着外套空荡荡的袖口：“那你把愿望告诉我，我帮你实现，好不好？”

路初月没有说话，在车前停下脚步，脱下大衣来踮一踮脚将大衣送还到何至远肩头。那几乎是一个拥抱。当她要摘下围巾的时候，何至远按住了她的手：“围巾你留着吧，颜色和你的睡衣很搭。”月亮柠檬黄的软软的光华映在他的眼睛里，路初月在刹那间明白，生命中的那些别离并不是突然降临的，原来都是很早很早以前就已开始了。但既然你就在我身旁，就让我们都暂时忘记了，月亮上那么多月海里其实从没起过波澜。

路初月上车发动引擎，看着何至远的身影在后视镜里渐渐变小，最终融化在夜色里。他一直没有转身离去，直到路初月的车驶出小巷，转弯不见。

师妹狼吞虎咽吃着关东煮，对折回来买单的何至远说："要是没我这个远道而来的电灯泡，你这个护花使者是要送她回家的吧。"

何至远没有否认，只是说："我的心事这么明显吗？"

"You wear your heart on your sleeve，这真是我听过的最形象的比喻。"师妹点一点他的手腕。何至远低头看一看手上的月相手表，月亮又快圆了。

是，我的后半生都想跟随她。此时此刻，何至远明白了仅仅认真学习如何活下去是不够的，我们要更认真学习的功课是，如果生命中注定无法拥有那个人，又该怎样过下去。这茫茫人世，我们原以为终能找到那个人，然后携手同行，在时间的荒野中互相温暖慰藉。如今看来，这不是对命运的误解，而是过于奢侈的盼望。

那天深夜，路初月在微博写道："明夜是满月，如果你的樱桃核没有发芽的话，就对着满月许愿吧。我的愿望是，已过去的事不再让你悲伤，此刻的生活不会让你孤单，未来的日子你会好好吃饭。

"我的愿望是，你的愿望都实现。"

chapter 10

当你留在原地想念一个远去的人的时候，
想念会让一切带着舌头尝不出
但心尝得到的苦味。

☽

《挑战厨师》在入冬后结束了所有拍摄，总决选特辑在紧锣密鼓的剪辑制作之后播出，这个节目让路初月的微博粉丝累计增加近两百万。“小夕姐，你花了多少钱买粉？”坐在甜品店里包圆儿了店内所有草莓蛋糕的路初月问坐在对面的经纪人。

“宝贝，这么多广告合作邀请，我接电话回微信都来不及，没空做这么没有技术含量的事好吗？”小夕头也不抬，“你少吃点，过几天公司给你安排了一个庆祝节目收官的特别访谈，网站和品牌也都已经在和公司商议，计划拍摄第二季，小心吃胖了戏连不起来。”

“这家店的蛋糕是不是特别美味？”路初月不肯放下手里的刀叉。

收工后路初月坚持要来这家甜品店吃夜宵，但因为工作阅甜品无数的钱小夕却并不觉得这家店的蛋糕有出众之处。路初月却吃得津津有味，或许工作压力太大，人的味觉会变得盲目。

等钱小夕回完邮件，才发现身边安静得有点不对头。路初月已经干掉全部草莓蛋糕，此刻正对着手机流眼泪，而桌上制片方送的香槟瓶已空了大半。还没等小夕回神，无数公关的微信涌了过来：“路初月和杜星和好了？”直到看见截屏图，她才发现喝醉的路初月一边哭一边发了条微博，杜星即刻转发。现在这条微博的留言已在短短几分钟里过千。

路初月写的是：

“我最爱的甜点是草莓拿破仑，因为它看起来热闹、甜美、丰富。但我认识一个很爱吃三明治的人，他可以一日三餐都吃三明治。他让我知道生活的另一种样子，安静、简单、井然有序。他让我知道，数字并不枯燥，它存在于一切事物之中。它可以是光的速度，星的数量，你喜欢的人的身高和体温，你看见他时的心跳和脉搏。以及，我们分别的时间。

“这一年我浪费了太多时间，尽管也努力过却依旧没有成为更优秀的人，更接近他的人。我开始明白为什么现在吃着我最爱的草莓拿破仑却依旧不开心，因为我很想念他。当你留在原地想念一个远去的人的时候，想念会让一切带着舌头尝不出但心尝得到的苦味。

“你最喜欢的食物是什么？你最喜欢的人，是谁？”

杜星的转发只有一个字：“你。”

自己的手机和路初月的手机都在响，路初月手机屏幕上的来电显示是：三明治。小夕好奇地接起来，电话那头一个十分低沉磁性的声音问：“你在哪儿？”语气中不容置疑的严肃让小夕即刻报上地址。对方说一声谢谢，随即挂了电话，没有多说一个字。

一头雾水放下路初月的电话，又把自己狂响的手机关掉后，小夕从座位上跳起来，抓着路初月的肩拼命摇晃："你给我说清楚了，这是怎么回事？杜星什么时候爱吃三明治？你们什么时候和好的？！"

"不是他啦，是何至远。"路初月紧紧抱住香槟酒瓶，"何至远爱吃三明治。"

"谁，河智苑？你认识韩星河智苑？"

"不是啦，是卖保险的何至远。"路初月拍一拍胸口的钥匙，"这是他送我的钥匙。"

这时小夕看见一个穿黑色长大衣的男人走到桌前，啼笑皆非地看着哭得鼻子红红的路初月："我不卖保险。"

"我是小夕，路初月经纪人。你是……河智苑？"小夕满脸疑惑。

"差不多。我姓何，何至远，我的办公室就在对面大楼。"何至远在路初月身边坐下，拿过她手里的香槟酒瓶。

“三明治先生？”小夕好像悟到了什么，眼放金光，“刚才是我接的电话，路初月她喝挂了。”

何至远笑着默认了这个外号：“她，喝了多少？”

“呃……大概两杯香槟。”小夕满脸恨铁不成钢的表情，扶额道，“这个姑娘根本没有酒量。最近工作压力很大，这次的拍摄太辛苦了，现在录制已经结束，我就没怎么管她……”

何至远脱了大衣，甜品店昏暗的灯光中，他身上的白色衬衫白得近乎凛然，连一天繁忙工作带来的褶皱都没有半点放松的意思。“你好好闻啊。”路初月的鼻子蹭着何至远的肩膀，“你长得很像我喜欢的人。”她有些迷惑，这个陌生人有那么亮的黑色眼眸，似曾相识。

“喜欢的人？”

路初月扁一扁嘴，不说话。

“告诉我，这次为什么哭？”何至远伸手帮路初月擦掉眼角的泪水。

“何至远，你为什么总问我这个问题？”

“你现在认得我了？”何至远发现自己要拿出很多意志力才能平静地和路初月说话。

“何至远，你为什么有女朋友了？”

“什么？”

“女朋友就女朋友吧，毕竟你年纪也不小了，可是，可是我为什么这么难过啊……”

“路初月！看着我。”这次路初月没有听话，她把脸埋在何至远的手掌里，睡着了。

☽

买单回来的小夕看着在何至远臂弯里沉沉睡去的路初月，一脸心疼并且一阵头痛。

“我送你们回去。”何至远帮路初月穿好大衣，一把抱起，朝自己的车走去。

路初月那侧的车窗没有关严，夜风灌进来吹乱她的头发，她蜷在座位上，只是眯起眼睛，任凭碎发盖住她的脸颊。何至远关好车窗，在一盏盏路灯的微弱光线里，看见她藏在发间的若隐若现的鼻尖和嘴唇，他又闻见了那熟悉的肉桂和苹果的香气，暖得让他鼻酸。

迷蒙之间，路初月好像听见一个好熟悉的声音在耳边轻声说：“月亮快要圆了呢。”如果她此刻醒来，会看见车窗外是明晃晃的月亮，悬挂在无云的天际，照着这个城市如此荒凉又如此美丽。

当路初月在小夕家的沙发上醒来时，看见的是双目通红的小夕举着餐刀和手机蹲在沙发旁。

“我为什么在这里？”路初月揉着一头乱发。

“你什么都不记得？”

“记得什么？”

小夕一声号叫，把路初月的手机拍在她脸上：“你自己看。”

“我怀疑我妈有预言的能力。”路初月看着炸掉的微博留言，异常平静，“前阵子她跟我说什么破镜重圆来着。只是她猜中了故事的开头，猜不中结尾。”

“杜星这个蹭热度的渣男，还有他那个满脸玻尿酸的女朋友，她微博发的那些红红绿绿的饮料混在一起不会毒死人吧。不过这两人真的有毒，花了我一晚上才搞定了他们的水军。”

“你知道我微博说的不是杜星？”路初月渐渐醒了，有点后怕地看着自己昨晚不知道怎么发出去的这条微博，“居然没有错别字，照片也拍得十分清晰，构图完美，真是体现了一个专业网络工作者的职业素养呢！小夕姐，你说是不是？”

“真正的职业素养是喝醉以后远离手机好吗？”

“那我删了？”路初月心虚。

“这几万个转发和评论热度我花钱都买不来，你敢删？昨天晚上的事你真的什么都不记得了？”小夕此刻非常佩服路初月的酒量，她放下手机泡了两杯速溶咖啡，“你快起床刷牙了，我马上要放大招。”

“你做了什么？”看着小夕异常温柔的笑容，

路初月出于动物本能，感觉到脊背窜过一阵寒意。

早上九点整，公司正式通过各大社交媒体平台发布声明，路初月和杜星是单纯的工作关系。言外之意是说，借微博转发求复合的杜星纯粹属于自作多情，他的真实动机是利用路初月和《挑战大厨》节目的人气炒作自己。

小夕安排的“纯路人留言”将杜星劈腿的旧话题顶到了热门回复。但这都属于正当防守，绝杀是另一个路人的爆料：路初月有了真爱，并附偶遇偷拍照片。

“你还安排了模特和摄影师去摆拍？”路初月看着甜品店的照片，整个惊呆。

“你看仔细一点。”小夕闲闲地品着速溶咖啡说道。

“什么，真的是我！”路初月鼻尖凑到手机屏幕上，发现那个靠在一个高大黑衣男子身上的人可不就是自己，“你为什么刚才不告诉我？”

“自己发现一样东西好吃，跟别人告诉你某样东西好吃然后你试一下发现真的不错，哪样更印象深刻？哪样更惊喜？”

“这是一回事吗？”路初月羞愧地又要哭了。

“怎么不是一回事，羞愧是最深刻的惊喜。”

“还好拍得不是很清楚，以后要是想赖也还是赖得掉的。”路初月再次贯彻她的人生哲学：鸵鸟精神。

小夕冷笑着按下了图片发送键，下一秒路初月的手机就响了，微信不断蹦出小夕发来的照片，路初月看见照片里清清楚楚就是醉得神志不清的自己，以及，神情很严肃的何至远！

“这些照片你都高价买回来了，所以网友没有发？”路初月用尽所有勇气才敢按下“点击原图”，看完第三张简直要哭出来，“如果这些照片曝光，这事可能就要闹大，闹大的话何至远的女朋友看见一定会生气。如果他们吵架，何阿姨会生气，何阿姨生气会找我妈聊天，我妈要是知道了这事怪我，会把我捆起来打……小夕姐，我怎么还你这个人情？”

“你也不是娱乐明星，照片不贵，也就十来万吧。”小夕要很努力，才不笑出声来，“你要是真的想还我这个人情，把《挑战大厨》第二季的合约签了吧。还有，你是不是该跟我这个忙了一晚上的经纪人解释一下，何至远是谁？”

路初月低下头：“你自己上网搜比较快。”还好，何至远没有微博。还好，泄露出去的只是他的背影，没有人会知道是他。

chapter

11

蛋糕可以甜一点，汤可以咸一点，
这些都是可以忍受的小瑕疵吧。我们都知道，
如果是恰恰好的味道会更美好，
但生活教会了每个人妥协。

人生里除了不期而遇，还有狭路相逢。虽然在网络上的路人们看来，路初月与杜星已经势不两立，但为宣传节目而参加的特别访谈节目依旧赶在圣诞节前拍摄，并经过网络平台直播，作为主持人的杜星自然也作为嘉宾出席。小夕希望路初月不要正面回答主持人和杜星有关的提问，她也会和杜星沟通好这类提问的应对方式。

聊完节目，到了最后的快问快答环节，主持人让路初月用厨房里某样东西比喻自己，蔬菜、水果、厨具、家电都可以。路初月想一想，说：“烤箱。”

“太形象了，路初月给我们的感觉总是这么温暖，像为大家提供了很多暖心甜点和喷香面包的烤箱。”

上一次有人说她像烤箱是什么时候呢？他说：“路初月，你就像只烤箱。”恍惚之间路初月没有听到主持人的下一个问题：“你觉得自己是偶像派还是实力派？”

“所谓巧妇难为无米之炊，人气也不是无本之木，更像是泥土里开出来的花吧。没有踏实的内容做土壤，哪儿来的根深叶茂。所以我觉得路初月是实力派。”杜星用完美的外交辞令帮路初月回答了这个问题。

“果然是非常默契的多年搭档，那最近关于两位复合的消息，是不是真的呢？”主持人顺势追问。

路初月回过神来，正想否认，杜星已经伸手从沙发后拿出了一大捧红玫瑰，当着所有人的面单膝跪地请求她的原谅：“初月，请你原谅我，我们重新开始。”路初月很快镇定下来，接过玫瑰转送给主持人：“关于这个问题我们早有准备，前阵子大家也误会了一场，所以我们特意为大家准备了这个小惊喜。”

“不知道刚才的观看量有没有增加？”杜星看到观众席里小夕变了脸色，连忙和主持人互动。

“所以，关于会否复合，你的回答是否定？”

何至远，你说我是烤箱，那我要做给得了幸福又藏得住心事的烤箱。重新正视镜头，路初月坦然地说：“大概我是个不知满足的人，每次把按新配方烤的面包从烤箱中拿出来的时候，每尝第一口新设计的菜式的时候，我都会忍不住想：不应该仅仅如此。总有更甜的甜，更浓郁的香，更丰富的回味。所以我不停尝试，不断努力，直到达到我想要的标准。而杜星，是见证过我这些努力的旧友，他对我来说像一个默契的搭档。我们的关系，也更适合停留在工作搭档的层面，大家不用因此失望，因为这意味着将来会有更多好节目可以看。”

这段话让台下的小夕长吁一口气，几乎想要起立鼓掌，她快速在工作群里确定了评论方向与关键词。和突然增加的观看量一同增加的，还有无数攻击杜星为人气炒作CP还脚踏两只船的负面评论。

☽

录完节目回家，路初月关了手机，穿着睡衣宅在家没日没夜地看《海鸥食堂》，中间穿插一部《橙沙之味》调剂口味。三餐吃香蕉蘸美乃滋配白开水，也是津津有味。小夕快递了礼物过来，1806年份的半结晶体苏玳滴金贵腐酒。她总能找到这种昂贵又讨人喜欢的东西。

有人来敲门。路初月以为是迟到的快递，开门却是一张似曾相识的脸，想一想才记起来，是杜星的现任女朋友：无花果小姐——只是她没有化平常出镜时的浓妆。

“现在你人气也有了，事业有了，听说新男友还是个富豪，为什么一定要赶尽杀绝？”她站在门口大声质问。

路初月听到这样戏剧化的对白，一时不知道该怎么回应，试探地问：“你要进来再说吗？我正在煮奶茶，你也来一杯？”

无花果小姐原本是做好了吵架的准备前来，如今遇到路初月的化骨绵掌竟有些乱了节奏，握着滚烫的奶茶杯一时说不出话来。

“你来，是因为杜星？可是我都有绯闻男友了，也在节目里正式否认了复合，已经和杜星没有关系了啊。”

无花果小姐将手机放到路初月面前：“公司雇的那些水军，你真的不知道？”路初月扫一眼，是杜星的微博页面，大骂他借旧女友翻身，还不要脸地在直播采访中给自己加戏，增加了求复合的环节。因为评论多到来不及删，他又不能违抗公司规定关闭评论，只能陷入四面楚歌的境地。

“我们做这一行，这些都已经习惯了吧。”路初月想说，自己微博下那些评论也不会比这些差。

“你再看看我的。”无花果小姐切换到她的微博页面，充斥着露骨的谩骂，“钱小夕知道杜星还是节目主持人，在找到更好的替代之前手下留情，但我也是公司的签约艺人，她为了你，就这么践踏我？”

“这些留言确实很过分，我去和她说，好吗？如果真是她安排的，我一定让她收手。”路初月很同情无花果小姐，“最近大概是为了节目效果，宣传话术有些过火。”

“最近？”无花果小姐笑了，“你真的什么都不知道？”

“我知道什么？”

“杜星和你分手，和我捆绑炒作，都是她向公司提的计划。”无花果小姐看着路初月惊讶的脸，深深吸了口气，“天啊，你真的什么都不知道！杜星答应和你分手，条件是他会担任新节目的主持人。钱小夕认为情侣档人设在你们合作的第一个节目中已经发挥完作用，新节目必须有新的话题，而八卦和绯闻是最能吸睛的卖点。”

路初月突然觉得有点冷，她问：“那你答应他们的安排，又得到什么好处？”

这个问题无花果小姐早就已经反复思考过，她干脆地回答：“我答应和杜星捆绑炒作，条件是公司会增加我的宣传预算，给我更多的客户合作机会。”

“这些你们都知道，除了我。”路初月双手抱膝，把下巴搁在膝盖上，若有所思，“你们都知道真相却唯独不告诉我，是因为我演技太差怕我演穿帮对吗？”

“不，是你命好。事到如今，钱小夕要保护的人只有你，她什么都不告诉你，就是为了保护你。杜星跟了公司这么多年，也随时是弃子而已。我，大概是戏子的设定吧。”无花果小姐声音有些哽咽，“如果钱小夕和公司不愿意放过我，那也请你说说情，放过杜星，就算他当初做错了，也是无心的，他一直以为还能和你复合。我听说，钱小夕不建议公司和杜星续约。因为之前转发你的微博引发水军大战和这次直播时送花求复合的环节，都是杜星自己的决定，违背了公司的意思。”

钱财可以算计，但人心不能安排。

“你真的喜欢杜星对吗？”路初月看着无花果小姐的眼睛，那里面有似曾相识的悲伤。

“拿感情做交易的人，好像没有资格说喜欢不喜欢吧。”无花果小姐逃避路初月探究的眼神，放下手中喝了一半的奶茶起身想要告辞，“但是我不希望杜星因为喜欢你而断送了前程。你不想帮忙也没关系，就当我没来过吧。”

路初月想说，当初杜星正是为了前程放弃了她。但路初月没有想要展示自己的伤疤，不想示弱也不愿逞强，她只想得体地保持应该有的礼貌：“你的意思我会转达给小夕，杜星确实是个很优秀的主持人。还有，他做这些事不是因为喜欢我，而是因为他太在意自己。”

路初月的话让无花果小姐愣住，低声说：“你说得没错。谢谢你，路初月。”

“谢我什么？”

“谢谢你的奶茶，真好喝啊。为了保持身材，已经很多年没有喝过奶茶了。”

路初月笑了：“你放心喝，我没有放糖的，不会胖。红茶是最好的阿萨姆茶叶，煮开后迅速用冰块滤过，所以不会苦反而有香甜味。”

“原来是这样。”无花果小姐甜美的微笑里还是有一点点苦味，“路初月，之前学着你做的菜，我也一口都没敢吃过。不单单是怕胖，实在是没有你的手艺。”

客人离开后，路初月打开电脑，想给小夕写封长长的邮件，但发现实在没有什么可以说。所以只有短短一句：“不用继续攻击杜星和无花果小姐，

SPECIAL . DESSERT
DATE

我们策划一个新的话题吧。我觉得杜星是个很优秀的主持人，我并不介意以后继续和他做同公司的同事。”有个成语叫越俎代庖，营销的事，路初月不便插手。和美食打交道这么多年，路初月也明白厨房里发号施令的只能是主厨，她希望这些年建立起来的信任和默契，能给大家重新来过的机会。

蛋糕可以甜一点，汤可以咸一点，这些都是可以忍受的小瑕疵吧。我们都知道，如果是恰恰好的味道会更美好，但生活教会了每个人妥协。

那天深夜，路初月在微博发布的“甜月亮食堂”菜谱是冷面：

纯净水倒满一碗，放入冰箱冷冻室。

用鸡汤和的鸡蛋面煮好，过冰水备用。

取出冻好的碗状冰块，中间位置凿空，静置待稍加融解。

取适量酱油，加入姜末、糖、香油各少许，搅拌均匀。

将冷面放入冰碗中，淋上一勺酱汁，加细葱花少许。

路初月在微博写：“这碗外表平平无华的面，功夫都在和面和准备高汤里。它的妙处在于，吃完面，冰碗融化，不留痕迹。人生，有时候仅仅冷面相对是不够的，还要学会冰释前嫌。”

她希望，当年看过她做这道菜的杜星和小夕都能明白她的心意。

chapter

12

我们或许都曾天真地以为爱是定数，

就像确定烘焙配方，但幸福是不可预计，

是全心付出然后将期望交付于未知。

☽

再次见到小夕，她对路初月说的第一句话是：“对不起。”第二句话是：“下个月去东京和京都拍摄，想吃招福楼吗？”

“我还想试一试松川。”

“好，我去安排。”小夕暗暗松一口气，“Noma餐厅2.0重开，我也正在预定位子。”

路初月客气地答：“谢谢你，小夕姐。”路初月看着她匆匆离开的脚步，想起她曾说过，自己发现美味的惊喜要好过别人告诉你。那自己发现不开心的事情呢，会比别人告诉你要更难过还是轻松？欺骗你的人不打算告诉你真相，是心存着你永远不会知晓的侥幸吧。只是被骗的人是否更愿意相信，这隐瞒里慈悲多过残忍？

虽然依旧会在去各色新餐厅体验新菜单的间隙偷偷去甜品店吃草莓蛋糕，但路初月没有再偶遇过何至远。城市这么大，如果你努力想逃避一个人，确实不难，尤其是躲避一个工作很忙的人。钥匙依旧每天挂在胸前，只是路初月再没有勇气打开那扇门。她再次觉得应酬和工作也还是不错，拿出十万分精神来配合小夕的工作安排。熙熙攘攘的人潮，衣着光鲜的陌生人，他们让路初月觉得如此安全，因为他们身上有一个共同点：没有人认识何至远。她的心事再大声都不会有人听见。

☽

立志要用实力说话的路初月更加频繁地开发新菜式，更新料理制作视频。忙到路初月觉得自己开始出现幻觉：处理鳕鱼时，路初月会想起何至远略显苍白的手；切开柠檬时，她会想起两人分享过的柠檬蛋糕；揉碎罗勒叶时，她会想起并肩同行时何至远身上淡到几乎闻不见的须后水味道。每当想念浓烈到发苦的时候，路初月就烤一盘肉桂卷，在深夜一个人全部吃掉。然后去健身房疯狂健身，把热量和水分全部消耗掉。

当她决定在微博和大家分享自己的肉桂卷配方时，路初月不太确定这样做是希望自己能放下，还是因为内心深处有一个微弱的声音依旧在希望他会看见这条微博，看见她的努力，看见她的想念：

“年关将近，天气越来越冷，还有什么事比吃到刚出炉的肉桂卷更开心呢？我们或许都曾天真地以为爱是定数，就像确定烘焙配方，但幸福是不可预计，是全心付出然后将期望交付于未知。所以今天要和大家分享的肉桂卷配方里有些很奇怪的数字，但确实是我尝试多次后发现的最佳比例。我上一次失恋，就是你们都知道的那一次啦，一口气吃了十二个肉桂卷，结果就过敏了。可能太多悲伤是生命无法承受的东西，我们不能简单地把悲伤吞进肚子里，总要学着去面对它去处理它，最后与它和睦相处。学会了这个道理的我，会朝着新的希望走下去。

“我最喜欢的家电是烤箱，因为暖暖的烤箱让人觉得幸福。想起有人曾告诉我说，我像只烤箱。现在想来，这是我得到过的最好的赞扬。在这里，我想要谢谢他给过的温暖，以及快乐。”

月亮肉桂卷:

中筋面粉437克

糖75克

黄油152克

酵母3克

牛奶237毫升

盐1.5克

先把酵母和部分糖还有部分温牛奶化开，静置10分钟;

把剩下的牛奶、糖、一半黄油，与盐混在一起，隔水煮温。温度是手指触碰不烫，不能把酵母烫死;

活化的酵母和牛奶黄油混合物，与面粉混在一起，用刮刀搅拌直至质地黏腻；

盖上保鲜膜静止10分钟；

揉10分钟左右，揉成面团，记得一定要用力揉开；

把面团放在大一点的容器里面，保鲜膜盖起来放在温暖的地方，发酵1小时，体积到两倍大；

面团发大以后拿出来再揉一揉，擀开成长方形，抹上黄油；

撒上好多糖和肉桂粉（这是我最喜欢的部分）；

卷起来后切段；

放在烤盘上盖好保鲜膜，二次发酵45分钟；

烤箱预热230度；

二次发酵完后在肉桂卷表面刷上蛋液；

放进烤箱烤15分钟。

因为关闭了陌生人转发和评论提醒，发完微博之后手机一片平静，如同终于说完心里话后路初月的内心。她慢悠悠洗个热水澡，早早抱着热水袋上床睡觉。早上钱小夕来捶门的时候，路初月刚刷完牙，还没换下睡衣。

“你手机呢？”

路初月在料理台的滤网下找出手机。钱小夕拿过手机，又从衣架上扯下大衣把路初月兜住，把她拉上车，风驰电掣地到了公司会议室。

“你这是绑架吗？”

“非常时期，非常手段。”会议室里，有公司只在超级年度大客户光临时才会露面的领导，以及杜星和他的经纪人。杜星看起来神色激动，而他的经纪人则一副自己已经放弃战斗的神情。路初月在钱小夕身边坐下，拉一拉大衣领子，遮住可妮兔图案的粉红色睡衣。

“我一早上动用多少关系，删了多少帖，你知道吗？”钱小夕咬牙切齿地看着杜星。

“照片是我泄露出去的，那又如何？”杜星整一整领带，冷笑，“当初又是谁把照片发在公司工作群里的呢？”

“公司内部资料不可以外传，你签合同的时候不读保密条款的吗？”

“内部资料？你对外不是宣称这些图片都是路人偷拍吗？你现在跟我说公司制度，我杜星今天搞出这样的大场面，还不都是你钱小夕成全的？”

路初月听到杜星这话蓦然抬起头来：“大肠面？”刚刷完牙就被强行带出门，她还没吃早餐呢，确实有点饿了。

“你知道我今天联络对方公司公关部，沟通危机公关方案的时候有多被动吗？我道歉道得跟孙子似的。如果对方不肯谅解，律师函不是发给你，是发给我们公司的！”钱小夕说这话的时候，看着桌首的大领导。

这时大领导说话了：“既然对方公司答应不追究，那这事就算是我们公司的内部事务，我们还是看看路初月的意思吧？小月月，你准备怎么处理这件事？”

听了这话，杜星“唰”一声扭过头去。

完全不知道发生了什么事情以及自己为什么会在这里听他们吵架的路初月皱了皱眉，她也不记得自己有个外号叫小月月，只能狐疑地看着钱小夕。

“杜星把之前的照片发给媒体，还曝光了照片里何至远的身份，说你们在正式交往。”

“什么？”路初月从钱小夕手里夺过手机，准备搜自己的名字。

“相关新闻已经删除了。”钱小夕伸手阻止她，“网友截屏之类的，我们也正在逐步处理，消除影响。”

“你们联络何至远公司了？”路初月大脑一片空白，也就是说，何至远也知道这事了？“完了完了完了。”路初月念叨着站起身，还没等钱小夕反应过来，她就已经撒腿跑了出去，留下会议室里面面相觑的四个人。

这时大领导又慢悠悠地说话了：“你们这些经纪人怎么当的，一个个好像全都管不住自己负责的艺人呢。”看来年终奖可以省下不少。

路初月出现在何至远公司的时候，已经换下了睡衣。专业的前台都记忆力非凡，还未等路初月开口，就已经起身：“路小姐，来找何总监是吗？这边请。”然后把路初月带到何至远办公室门口，轻叩玻璃门并推开几寸缝隙，随即转身离开，沿途在同事八卦群里发一句：“老大绯闻坐实！”整个过程行云流水一气呵成。

路初月紧紧抱着胸口的盒子挤进门去，深吸一口气，对着电脑屏幕后面那个穿深色西装的身影大声说：“何至远，我会对你负责！”

电脑前的助理抬起头，一脸茫然地说：“何总监，他去拿咖啡了。”

“路初月？”身后传来何至远的声音，路初月石化当场。

“总监，这次纽约会议的资料都已备份完毕，快捷方式已经在你笔记本电脑的桌面设置好。”交代好工作，助理赶紧侧身离开这是非之地，在走廊上发现同事群已经炸锅，不禁有参与了历史的荣耀感。

路初月正嗫嚅着想找点什么话搪塞过去，又有另一位助理拖着行李箱出现在门口来救场：“总监，司机已经准备好，我们可以出发去机场了。”

“你刚才说什么？”何至远颔首示意他知道了，目光一直没有离开路初月。

“我说……我说，你要负责把这个吃完。”路初月不敢抬头，把手里的盒子塞到何至远手里。

“是什么？”

“布丁。”

“布丁？”

听见何至远语气中的疑惑，路初月抬起头来，态度端正得像个餐厅里向客人解释菜单的侍应生：“我刚做好的布丁，是那种吃了会让人心软原谅所有错误并且答应所有要求的好吃的布丁。”

“你做了什么需要我原谅，以及需要我答应你什么要求呢？”何至远挑眉。

“你快出发，不然要赶不上飞机了！”路初月拒绝回答这个问题，在助理和前台们好奇的目光中奔向电梯间的时候，连她本人都觉得自己逃跑的样子真的很像小老鼠。

到机场托运行李、过安检，在位子上坐定后，何至远打开纸盒，透明塑料食盒里那个奶黄色的焦糖布丁还是温热的，像熔岩刚熄灭的火山。何至远婉拒了空乘端来的香槟和果汁，用盒子里附带的小小木制调羹津津有味地把那个布丁吃完。坐在机舱另一侧的助理偷偷打量着何至远紧拧的眉毛，十分好奇那究竟是什么样特别的布丁要老板一路抱着上了飞机，还让泰山崩于前都不露神色的老板在品尝时露出如此严肃的神情。想必是难得的美味吧，想着想着，他忍不住流口水，赶紧喝一口苦涩的香槟。

路初月的电话在这时候打过来："何至远，布丁不要吃！我，我错把盐当糖放进去了……"

电话这头的何至远沉默数秒才答："我已经全都吃完了。"

“全，全吃完了？”

“嗯。”

“我为什么，犯这么愚蠢的错误！”路初月觉得自己又要哭了，看着料理台上的盐瓶，鼻子塞塞心也塞塞，这次是被不争气的自己急哭的。

“我以为……”何至远停一停才说，“这是你在对我表白。”

“嗯？”路初月一时忘了哭，“表白？”有人会蠢到用很难吃的东西表白的吗？

“不是有一首歌里唱：思念是一种，很咸的东西，如影随形……”

路初月“噗”一声笑出来。飞机开始在跑道上滑行，空乘过来微笑示意何至远关闭手机。

“我要起飞了。路初月，不要哭，等我回

来。还有，微博上那些照片，我觉得拍得挺好的，你不用道歉。”路初月抱着嘟嘟嘟忙音的手机，不明白一个人的语气怎么能那么严肃又那么温柔。

老妈的微信接踵而至：一条是说何至远大哥去美国开会了，但答应会带女朋友回家过年；第二条是警告她再不争气找个男朋友，大年夜将不能回家喝爸爸炖的鸡汤。

路初月叹了口气：每到年底天气就变得很糟糕，多少是因为每到年底城市里会多出很多走投无路的单身人士吧，他们无奈而悲惨的情绪同时蒸发到空气中，在城市上空凝成了雨云和阴霾。

路初月关掉手机，在料理台前忙活起来，今天“甜月亮食堂”要发布的甜品是：

焦糖布丁：

又名：吃了会让人心软（原谅所有错误并答应所有要求）的布丁

鸡蛋：5个

牛奶：450毫升

白糖：80克

水适量

将三个鸡蛋、两个蛋黄与一半砂糖混合，搅拌均匀后静置；

将牛奶以小火加热，出现小气泡时关火，不可过热沸腾；

将搅拌好的蛋液缓缓倒入牛奶中，搅拌均匀后用滤网过滤；

剩余的砂糖放入平底锅内，加少许水后小火加热，直至水收干，糖变黏稠焦黄色，此时应注意不要滴入水分，以免糖浆溅出；

将糖浆倒入容器中，我喜欢用上宽下窄的陶瓷猪口杯，然后放入冰箱冷却；

蒸锅中放入水，大火加热；

待牛奶蛋液温度略为冷却后，倒入焦糖已凝固的猪口杯，在杯口覆盖保鲜膜后放入蒸锅；

水开后转小火，加热约20分钟；

取出，冷却，来不及吃完的可放冰箱，风味更佳。

P.S. 一定记得要放糖，不要错放成盐哦。

☽

第二天路初月带上各种礼物回父母家危机公关。比起那些可能得去网上租男女朋友回家的人，路初月的运气似乎又好一点。因为人选已经帮她物色好了，相亲对象是路妈妈牌搭子的外甥，在广告公司上班，更幸运的是对方很有诚意，也非常希望能尽快见面。

“你牌搭子的外甥，这好像差着辈分吧？”路爸爸看着女儿自暴自弃的神色，努力想帮她找借口开脱。

“我牌搭子比她妹妹大很多岁，这个妹妹结婚又晚，问过了，年龄合适的。卖相也蛮好的。”

“我去！”路初月大声说。路妈妈仔细揣摩了一下路初月说这两个字时的语气，试探地问：“打铁趁热，就约这周末行吗？”

“行，都听您的。”

坐在约定的甜品店，路初月真正明白了何至远当初说的那句“大年夜相亲，这样才能过个平安祥和年”是怎样的无奈。并且第一次无比希望自己看过的言情小说和电视剧里的那些情节都是真的，比如何至远在异国他乡无心工作，醍醐灌顶般发现自己的真爱就是路初月；比如对面坐下来的是觉察自己心意后从美国赶回来阻止她相亲的何至远；或者何至远本来就是妈妈牌搭子那个在广告公司上班的外甥，卖保险只是他的一个兼职，所以他才一直说：“我不卖保险”……

相亲对象准时在对面坐下，只见他米色大衣，深蓝色西装，灰色蓝纹领带，当然，他不是何至远，要比何至远年轻几岁，神色也热切几分。

“你是我最喜欢的美食达人，我呢正好做公关。”对方开门见山，“其实我想和你谈合作，太多客户和我一样喜欢你。”

“你不是来相亲？”路初月扬一扬眉毛，事情显然没有按路初月的剧本走，但也没有要按路初月妈妈的剧本走的意思。

“你千万不要生气哦！你听我给你解释，之前我给你微博发了几十次私信都没回复，那天听我阿姨说起你，我心想也太巧了，所以我……”

“是哦，好巧。”路初月感觉手脚都恢复了知觉，示意服务员点饮料。

“你不生气？”

“不生气，聊工作比相亲有意思。”

“那我们就把感情的事先放一放哈。我先给

你介绍一下我手里的几个客户，看看有没有你喜欢的。然后我回去做计划，趁这个新年我们多碰几次面，敲定一下细节什么的。”对方激动得额头冒汗，“我能坐过来吗？方便你看资料。”

“好啊。”把无法投入到感情里的热情投入到工作中去，也是很好。这么多专注与努力，总要有个去处。路初月认真看起PPT来。

这场品牌介绍会进行了一个半小时，对方满怀信心留下名片告辞，要赶回去做计划所以没有留下来吃晚饭。路初月发现他除了免费的柠檬水之外，点的饮料和甜点一口没碰。她叫来服务生把这些杯碟都撤了，然后要服务生把冷柜里所有的草莓拿破仑都端过来。吃完第三块已经觉得撑，但她依旧努力吃完了另外两块。因为今天的伤感，十足是五块草莓拿破仑的分量。撑到站不起身来的路初月趴在餐桌上，犹豫着是该再点份酸奶助消化还是静静等待时间过去。侧头看向窗外，桌面的凉意顺着脸颊满满流到脚底。她发现冬天的天色黑得特别早，而时间又过得特别慢。暖黄的街灯下拥挤的车流和行人们，好像都知道自己要去哪里，也有地方可以去。

“你知道十二月末的纽约，有多冷吗？”一个声音问道，“有些人不是答应了要等我回来吗？”

路初月想说她还没来得及答应要等，电话就已经挂断了。但是她不敢抬头，她怕这熟悉的声音是自己因为吃撑而产生的幻觉。

“路初月，你不是又喝醉了吧？”从声音判断，“幻觉”开始整理杯盘。随即是服务员匆匆赶来的脚步声，服务员还问：“先生，请问您需要菜单吗？”

“我要一份草莓拿破仑，谢谢。”路初月感觉有人在身边坐了下来，熟悉的，淡淡的须后水味道。

“对不起先生，我们今天的草莓拿破仑已经卖完了。真是抱歉。”

“那来杯热美式，不要糖。谢谢。”

“你怎么知道我在这里……呃……”路初月依旧不敢起身，额头抵着桌面，默默数着自己心跳的声音。

“知道你在这里相亲？”何至远弯一弯左边嘴角，重音落在句末两个字。也不知道愧疚什么，路初月嗫嚅着答：“是。”

“真的是相亲？看来你们谈得很投缘。”重音依旧落在句末。

“他说有客户要介绍给我，而且他能帮我拿到Noma新开业的新餐厅的桌子，想吃几顿就吃几顿！”

“这么说是很有才干的年轻人。”

“是，年轻有为，社会栋梁，而且我觉得他对我本人没兴趣。”

“此话怎讲？”

“他的手机屏保是贾斯汀·比伯。”

“路初月，你打算一直这么趴着说话？”路初月没有出声，偷偷伸手在座位上找自己的包，运气不好先摸到的是何至远的衣角，再远一点大概要摸到腿上去，他也没有避让的意思。“那个，麻烦你把我的包拿给我，可以吗？”虽然处境艰难，处于下风，她还是尽量用有商有量的语气说道。

何至远把包放到路初月手边，路初月伸手进去摸索着找到化妆包，又从化妆包里摸出她的布朗熊化妆镜，打开搁在鼻子前面的桌上。在镜子里看见自己花掉的眼线和唇彩时，她的内心一声哀号："那个，你稍等一下。"她又努力从化妆包里摸出吸油面纸和纸巾来，这次有带纸巾，是吉兆。

"路初月，你在哭吗？"何至远从玻璃窗上的倒影隐约看见路初月好像在拿纸巾擦眼睛，有些担心起来。

"我在补妆啦。"路初月闷声说。

何至远没有说话，但是路初月知道他在笑。她停了抹口红的手，胸闷地想起自己什么糗样子何至远没见过呢：过敏肿成猪头，哭得稀里哗啦，醉酒胡言乱语投怀送抱，深夜穿着睡衣吃路边摊还不带纸巾……

“你还没说，你怎么知道我在这里？”

“我在你手机里装了追踪器。”

这句话说完路初月终于抬头，神情诧异而语气里都是仰慕：“你怎么这么厉害！”

“是你装傻，显得我厉害。”何至远伸手帮她将嘴角画歪掉的唇口印记抹掉，趁机捏一捏她的脸。何至远打开微博，点开她刚发的照片，放大，仔细看的话照片角落的餐盘上俨然有餐厅的logo。

“但这家是连锁的哎。”

“是啊，所以我在附近找了两家才找到。”

“咦，你什么时候开始用微博的？”

“最近吧，工作需要。”

“那为什么只关注我一个人？”趁何至远不备，路初月打开了何至远的微博页面，“胖胖的月牙”还是他的特别关注，也就是说她发的那些微博何至远统统都看见了？！

“还没来得及关注其他人。”何至远摸一摸鼻子，“我要跟你说一件事。”见何至远突然严肃起来，路初月心头一紧。

“你给我的那张餐厅名单，我没有带谁去过。因为我觉得，和你一起吃饭才最开心。关东煮那次，师妹为了帮我，抛家弃子回来出差，我实在过意不去。还有，其实车修好后我再没有去相亲了。”

“虽然我陪你相过亲，但你不用特意大老远从美国赶回来陪我相亲的。”路初月突然觉得自己心跳有点加速，声音细若蚊蝇。

“我不是来陪你相亲，我是来相亲的。”何至远起身整理了一下西装，到路初月对面坐下，郑重地说，“路初月小姐，请允许我先介绍一下自己。”

extra chapter

番外

☽

路初月的新节目在新加坡开拍。出发前路妈妈在电话里询问她与牌搭子的外甥进展如何。

“何至远上次去纽约出差并没有带着女朋友。”路初月答非所问。

拍摄在一座住着很多火烈鸟、鹦鹉和犀鸟的植物园进行。热带岛屿，一天换许多件衬衫，抹很多防晒霜，灯光一打，路初月觉得自己化得比冰淇淋还快，烹饪食物时散发的热气真的只能用“火上浇油”来形容。

结束一天的室外拍摄，暮色渐浓时分大家聚在室内吃工作餐，正好把现成的食材全部解决。路初月看着“浸透”着自己汗水的菜肴，只觉得累，毫无胃口，独自找了个角落席地而坐查看手机。发现何至远一整天都没有消息来，想必他比自己还要忙，于是发了一条语音短信过去：“我收工了，你今天吃什么味道的三明治？”

回完消息抬头，路初月觉得自己实在是太累了，居然出现幻觉：有个很像很像何至远的人正站在人群后面，黑色大衣挂在臂弯，手里除了一只白色纸袋，别无他物，仿佛他是从街角的便利店来。

演播室的制作人员眼睛里都是好奇，这个高大的男人是谁？他站在门口，并没有马上找到要找的人，但姿态笃定从容，静静等着。坐在角落的路初月站起身来，快步穿过满屋子的人走到他面前，却没有说话，只是站定了看他，脸上带着诧异的神情。这时他笑了，原本看起来是那种寡言的人，并不爱笑，但在看到路初月的那瞬，眉眼之间都是温情。两人就这样面对面站着，原来所谓默契是这样赏心悦目的存在，是种让人移不开视线的好看。

何至远先开了口。他看着房间中央满满一长桌的菜肴，龙虾香槟一应俱全，又看看自己手里的纸袋，笑着说："我都忘了，你的美食节目怎么会少了美食。"

路初月把手伸进他的臂弯："你给我带了好吃的吗？我们去那边，我饿了。"

他们找一个安静的角落坐下来。

"你怎么会在这里？"

“我去出差，顺路来看你。”

“可我记得你是要去德国出差？”

“德国汉堡。新加坡的冬天比汉堡暖和，我顺路来吸收一点能量。”

“德国不顺路。”

“我想见你，到哪里都是顺路的。”

“何至远，要是你以前相亲的时候这么主动，一定早就成功了。”

“我之前相亲不成功，是因为我见到的，都不是你。”

听完这话路初月愣了一秒，随即笑到眼泛泪光，但脸还是红了：“这些土得掉渣的话你从哪里学来的？”何至远等她笑完，用万分诚恳的语气答：“微博啊。你是感动得流泪吗？可是你还没看我给你带的礼物。”

盒子里有个小小的椰香草莓酥饼蛋糕，切开的草莓是一颗颗心的形状。何至远正要起身去找餐刀，路初月已经从口袋里掏出小折刀将蛋糕切成整整齐齐的六块。

“你随身带着刀做什么？”何至远紧张，“你拍摄的地方不会有野兽吧？你是美食家，不是鳄鱼先生史蒂夫。”

“随身带着刀，以防有人送我蛋糕啊。”路初月得意地挑眉，“这刀切蛋糕果然顺手呢。”路初月迫不及待尝一口蛋糕，腰果椰浆奶冻质地柔滑微凉，草莓清新爽脆，好吃得路初月眯起眼睛想叹息：“这是你做的？”

“按你微博上的制作方法做的，有没有及格？

飞机上我央求空乘把蛋糕放在冰柜里，下飞机前还问他们借了很多冰块。还好你不是去爪哇岛，这蛋糕坚持不了那么远。”

“酥饼里腰果与杏仁的配比十分恰到好处，又加了一点提子干增加甜味与黏度。奶油填料中的腰果浸泡了整晚，所以有这么柔滑的口感。”路初月细细品味，逐一点评，“草莓也是挑选过的，形状大小统一，我给满分。”

“以后，我经常给你做甜点好不好？”何至远轻声问。

“好！”路初月答得很干脆。

他们面前是一面落地窗，满屋的灯火璀璨映在玻璃上，在夜色中描绘出另一个对照的空间，远远望过去，室内天花板上那些水晶灯如同悬挂在树梢，在密林中轻盈地发着光。这是与室内景象分毫不差的镜像，却总让人觉得玻璃后面那个世界更明净。大概因为它没有温度，也没有声响，如同标本，也如同回忆：完美却没有生命。我们要留在这边，留在有缺憾但更有温度的此刻。

何至远转身看着把脸埋在蛋糕里的路初月，伸手将她垂落下来的刘海拂到耳后："路初月。"

"什么事，何至远？"

"你知道吗，我查了资料，汉堡包真的发源自汉堡。"

"那你去汉堡不用吃三明治，可以吃到最正宗的汉堡，汉堡汉堡。"

"路初月。"

"什么事，何至远？"

“大年三十我们两家一块儿吃年夜饭吧。”

这个问题路初月没有立刻回答。她侧头看着何至远，看见他因为紧张地等待答案，又成为那个拘谨严肃的何至远。

“好呀，你相亲成功了，我也有了男朋友。真是峰回路转的一年！”路初月的语气甜蜜蜜。

“确实值得庆祝。”何至远微笑，好久没有觉得自己的心落在胸腔里，如此稳稳当当。

路初月一个人吃完整个蛋糕，把手指都舔干净才发觉忘记拿纸巾了。何至远言若有憾地说：“我这次出门比较匆忙，没有口袋巾也没有领带。”还没等路初月开口，他已俯身吻住她：“众生皆苦，但你是草莓味的。”

“何至远，你真的看太多微博了啊！”

椰香草莓酥饼蛋糕：

酥饼：

生腰果：250克

杏仁：80克

湿提子干：50克

椰子油：2勺

盐少许

蛋糕：

生腰果：700克，需提前用冷水浸泡一晚，滤干备用

椰奶：180克，也可用淡奶替代

椰子油：80克

枫糖浆：115克

柠檬汁：2勺

香草豆粉：1勺

新鲜草莓：800克，挑选形状大小类似的草莓，冷藏后切开

首先制作酥饼。将腰果、杏仁与提子干混合，加入椰子油与盐，放入搅拌机研磨后装入蛋糕盘，压紧。也可适量加入蜂蜜增加甜度与黏度。

再制作填料。将浸泡得质地柔软的腰果与椰奶、椰子油、枫糖浆、柠檬汁和香草粉放入料理机充分研磨，混合，直至形成柔滑浓稠的质地。将填料倒在酥饼上。放入切半的草莓，草莓可以按你的喜好摆成不同形状。

一直想试验用开心果替代腰果制作填料，如果你试过，告诉我效果如何。

The End

全书完

陶立夏

作家，译者

出版作品：

《分开旅行》《练习一个人》《把你交给时间》《岛屿来信》《如果没有你》《生活的比喻》

译著：

《夜航西飞》《安尼尔的鬼魂》《一切破碎，一切成灰》《贾曼的花园》《给青年作家的信》

卤猫

插画师

著有《找到这颗星球》《狐狸卜》

ONE 文艺生活

官方微信公众号

「ONE · 一个」App

扫一扫即刻下载

ONE book

果麦
GUOMAI

监　　制：韩　寒
出版统筹：朱华怡　陈　曦
编　　辑：熊悦妍　杨颖婷
营销推广：倪晓瑾
特约印制：路军飞
封面设计：雾　室　何月婷

官方微博：@一个App工作室　@一个图书　@亭林说　@果麦文化

图书在版编目（CIP）数据

甜月亮 / 陶立夏著；卤猫绘 . -- 成都：四川文艺出版社，2019.4

ISBN 978-7-5411-5393-8

Ⅰ . ①甜… Ⅱ . ①陶… ②卤… Ⅲ . ①中篇小说—中国—当代 Ⅳ . ① I247.5

中国版本图书馆 CIP 数据核字 (2019) 第 060151 号

TIAN YUE LIANG
甜月亮
陶立夏 著　　卤猫 绘

责任编辑　徐 欢 宋 玥
责任校对　汪 平
装帧设计　雾 室 何月婷
出版发行　四川文艺出版社（成都市槐树街 2 号）
网　　址　www.scwys.com
电　　话　028-86259287（发行部） 028-86259303（编辑部）
传　　真　028-86259306
印　　刷　北京尚唐印刷包装有限公司
成品尺寸　126mm×186mm
开　　本　32 开
印　　张　8.5
字　　数　84 千
版　　次　2019 年 4 月第一版
印　　次　2019 年 4 月第一次印刷
书　　号　ISBN 978-7-5411-5393-8
定　　价　49.80 元